Edith Kaltenthaler
wurde 1964 in Leverkusen geboren. Sie hat Romanistik und Germanistik studiert und danach mehrere Jahre als Zeitschriftenredakteurin gearbeitet. Seit 1995 ist sie freie Autorin und Übersetzerin und schreibt Kinder- und Jugendbücher sowie Theaterstücke.

Happy Holidays

Edith Kaltenthaler

Florida-Feeling

SCHNEIDER BUCH

Die Deutsche Bibliothek – CIP-Einheitsaufnahme

Kaltenthaler, Edith:
Florida Feeling / Edith Kaltenthaler. – München : Egmont Schneider, 2000
(Happy Holidays)
ISBN 3-505-11244-5

Dieses Buch wurde auf chlorfreies, umweltfreundlich hergestelltes Papier gedruckt. Es entspricht den neuen Rechtschreibregeln.

Der Schneider Verlag im Internet:
http://www.schneiderbuch.de

Schleißheimer Straße 267, 80809 München

Titelfoto: Daniel Kraus
Umschlaggestaltung: ART-DESIGN Wolfrath, München
Lektorat: Ulrike Schuldes
Herstellung/Satz: FIBO Lichtsatz GmbH, Unterhaching
Schrift: 11˙ Garamond
Druck: Presse-Druck, Augsburg
Bindung: Conzella Urban Meister, München-Dornach
ISBN 3-505-11244-5

00 01 / 8 7 6 5 4 3 2 1

Bettina ließ sich mit ausgebreiteten Armen rückwärts auf ihr Bett fallen. Sie schloss die Augen, atmete tief durch, dann wälzte sie sich schwungvoll auf den Bauch und vergrub ihren Kopf in den Kissen.

„Waaahnsinn!“, klang es erstickt aus ihnen empor. „Waaahnsinn! Ich fliege nach Florida!“

Thomas saß auf seinem Schreibtischstuhl, wippte auf den Hinterbeinen vor und zurück und betrachtete leicht angewidert seine vor Glück strampelnde und schreiende Schwester. Er konnte ihren Amerikafimmel nicht verstehen. Was sollte toll sein an einem Land, in dem jeder auf sich selbst gestellt war, in dem man entweder zu den wenigen Gewinnern oder zu den vielen Verlierern gehörte, um die sich niemand kümmerte.

„Echt Wahnsinn“, wiederholte er deshalb wütend. Er stand auf und beugte sich über Bettina, die den Kopf immer noch in die Kissen drückte. „Kannst du mir mal verraten, was du im Land der unbegrenzten Ungerechtigkeiten willst?“, fragte er.

Bettina sah ihn endlich an und verdrehte die Augen. Seit knapp einer Stunde hielt sie ihr Flugticket nach Miami in der Hand, und genauso lange lief Thomas nun schon hinter ihr her und nervte sie. Ihr Bruder hatte einen echten Sozialfimmel.

„Oder findest du es etwa gerecht, dass Mama Extraschichten im Krankenhaus macht, damit du unsere komische Tante besuchen kannst, die keiner kennt?“ Er schaute zur Decke, als hielte er Zwiesprache mit ihr. „Fünfzehnhundert Mäuse nur für den beknackten Flug, das muss man sich mal vorstellen.“

Jetzt reichte es Bettina. Sie setzte sich auf und sah ihren Bruder kampfbereit an. „Du weißt genau, dass das nicht stimmt. Mama hat keine Extraschichten für mich gemacht. Ich habe mir alles selbst zusammengespart. Du bist ... ach ...“ Bettina winkte ab und ließ sich wieder aufs Bett fallen. Dann bäumte sie sich noch mal auf und rief: „Neidisch bist du, jawohl!“

„Neidisch? In Palm Beach, diesem Reiche-Leute-Kaff, möchte ich ja nicht tot über der Mauer hängen!“

Bettina grinste. „Das habe ich auch nicht vor.“ Sie sank zurück auf ihr Bett und begann zu schwärmen. „Ich werde zwei lange Ferienwochen ohne meinen ständig nervenden Bruder verleben, fantastische Sonnenuntergänge an der Südostküste von Florida genießen, im weißen warmen Sand sitzen, den süßen Beachboys beim Surfen zuschauen ...“

Als Bettina die Tür schlagen hörte, wusste sie, dass Thomas endlich aufgegeben hatte. Für heute. Bettina setzte sich ihren Walkman auf die Ohren. Vielleicht würde gute, laute Musik helfen, ihre Gedanken weg von Thomas und wieder in Richtung Florida zu lenken. Aber so laut die Bässe auch dröhnten, Thomas hatte Bettina mit seinen Predigten scheinbar ein kleines Männlein mitgeliefert, das seine Worte ständig wiederholte.

„Und ausgerechnet Florida“, hatte er gesagt. Seiner Meinung nach war Florida Spitzenreiter in Sachen Ungerechtigkeit. „Gerade in Florida klafft die Schere zwischen Arm und Reich besonders weit auf. Auf der einen Seite die Millionäre in ihren Supervillen und auf der anderen Seite die Wanderarbeiter aus Kuba und Haiti, alles Looser, die nie eine Chance erhalten werden.“

Eins musste Bettina ihrem Bruder ja lassen. Er hatte wirklich Ahnung von Politik. Musste er wohl auch, denn er war Chefredakteur vom „Olli“, der Schülerzeitung der Gesamtschule, die sie beide besuchten. Trotzdem nervte er sie mit seinem Gerede über die „Arm-Reich-Schere“. Schließlich wollte sie in Amerika nicht die Welt verbessern, sondern einfach eine gute Zeit haben.

Ihre Eltern, das wusste Bettina, standen glücklicherweise zu dem Entschluss. Sie würde durch ihren Besuch bei Tante Mary-Ann, Onkel Phil und Cousine Cathy noch besser Englisch lernen und „regelrecht in einer fremden Kultur baden“. So nannte das jedenfalls ihr Vater.

Das Geld für die Reise zusammenzubekommen war ein Problem gewesen, okay, aber schließlich hatte sie es geschafft.

Bettinas Vater, Thorsten Bachmann, verdiente als Schichtarbeiter bei Ford keine grandiosen Summen. Ihre Mutter hatte, seit der jüngste Bachmann-Sprössling in den Kindergarten ging, eine halbe Stelle als Krankenschwester, und da kam auch nicht so viel bei rum. Lange hatte es deshalb so ausgesehen, als müsste Bettinas Amerika-Traum ein solcher bleiben, aber schließlich hatte sie *die* Idee. Konnte sie nicht nach der Schule im Krankenhaus arbeiten? Als Putzfrau oder Küchenhilfe zum Beispiel. Ihre Mutter hatte sich umgehört und ihr tatsächlich eine Stelle besorgt. Als Bettenfahrerin. Bettina holte zusammen mit einem Zivildienstleistenden Patienten mitsamt Betten aus den Krankenhauszimmern ab und kutschierte sie zum OP, in die Ambulanz, zur Blutabnahme oder sonstwohin.

Bettina wusste deshalb gar nicht, warum Thomas sich so aufregte. Außerdem konnte er doch froh sein, sie eine Zeit lang los zu sein. Ihr gemeinsames Zimmer in der knapp 90 qm großen Wohnung war für beide zusammen viel zu klein, und ständig gab es deshalb Streit. Sie jedenfalls war heilfroh, der Enge zu entkommen.

Bettina wechselte die CD in ihrem Diskman und wippte mit dem Fuß zu den Rhythmen. In der letzten Zeit hatte sie damit begonnen, von einem anderen Leben zu träumen. Einem Leben, in dem nicht ständig von Geld und den wenigen Möglichkeiten, es noch mehr zu sparen, gesprochen wurde. Sie wollte unabhängiger sein von der engen Gedankenwelt ihrer Eltern und träumte davon, allein und weit weg von ihnen zu leben. Gleichzeitig schämte sie sich für ihre Gedanken. War ihr das eigene Zuhause nicht mehr gut genug? Wo ihre Eltern doch wirklich alles taten, um die Wünsche ihrer Kinder zu erfüllen. Aber genau das war es. Die Anstrengung, die sie ihr Leben kostete. Manchmal taten sie ihr einfach Leid.

Wenn ihre Mutter abends vor Erschöpfung bei den Acht-Uhr-Nachrichten einschlief, der Vater tagsüber den schönsten Sonnenschein verschlief, weil er Nachtschicht gehabt hatte, und Thomas früh um vier leise aus dem Zimmer schlich, vor der Schule Zeitungen austrug, damit er sich die neuen Nikes kaufen konnte, die er unbedingt haben wollte. Und sie selbst trug ja auch dazu bei, dass der Laden am Laufen blieb, wie ihr Vater immer sagte. Sie half der Mutter nicht nur im Haushalt, sie hatte feste Aufgaben, für die sie allein die Verantwortung trug. Sie holte Benjamin nachmittags aus dem Kindergarten ab, las ihm vor und spielte mit ihm, bis die Mutter kam. Und sie war für den Abwasch, gemachte Betten und geputzte Schuhe zuständig.

Bettina räkelte sich wohlig auf ihrem Bett. Sie jedenfalls hatte das Gefühl, den Urlaub in Miami verdient zu haben. Sie war schließlich schon sechzehn und konnte doch nicht ewig mit ihren Eltern und Brüdern zum Campen nach Holland oder Frankreich fahren.

Außerdem tat sie mit ihrer Reise etwas für die Familienverständigung. Tante Mary-Ann war eine Cousine von ihrem Vater. Sie hieß eigentlich Marianne, war aber als fünfjähriges Mädchen mit ihren Eltern in die USA, nach Charlottesville, Virginia, ausgewandert, war dort zur Schule gegangen und hatte schließlich Phil Holland geheiratet. Mit ihm und ihrer Tochter Cathy war sie vor vier Jahren nach Palm Beach gezogen, weil Phils Firma dort eine neue Niederlassung gegründet hatte, der er als Geschäftsführer vorstand.

Die Bachmanns und die Hollands kannten sich nur von Briefen und von Fotos her. Irgendwann hatte Tante Mary-Ann Bettina eingeladen, nach Florida zu kommen. Natürlich könnten auch alle Bachmanns zusammen kommen, hatte Mary-Ann geschrieben, aber falls man andere Pläne hätte, sollte man doch auf jeden Fall Bettina schicken. Sie und Cathy würden sich bestimmt blendend verstehen, sie wären doch im selben Alter und würden beide die Sprache der jeweils anderen in der Schule lernen.

Mary-Ann betonte in jedem Schreiben, dass sie zu gern einmal wieder nach Deutschland käme, dass sie so eine unbestimmte Sehnsucht nach Heimat hätte und dass sie Cathy von deren eigenen deutschen Wurzeln etwas vermitteln wollte.

Bettina tastete auf dem Rücken liegend mit der Hand nach dem Reiseführer, der neben ihrem Bett auf dem Boden lag, und schlug ihn in der Mitte auf, dort wo besonders farbenprächtige Bilder den Text unterbrachen. „*John Pennekamp State Park*: Die faszinierende Unterwasserwelt der Korallenriffe“

In fünf Tagen, dachte sie versonnen, in fünf Tagen werde ich das alles mit eigenen Augen sehen, werde die Weite des amerikanischen Kontinents atmen und so tun, als wäre das die normalste Sache der Welt.

☀ ☀ ☀

Als die Boeing 767 zum Landeflug ansetzte, drückte Bettina ihre Nase gegen die Fensterscheibe. Miami lag als ein Meer aus bunten Lichtern unter ihr. Eine Grafik auf dem Monitor direkt über ihr zeigte die sinkende Flughöhe und die noch verbleibende Flugzeit an. Bettina war an diesem Morgen um fünf Uhr aufgestanden. Ihr Vater hatte sie noch vor seiner Frühschicht zum Flughafen nach Düsseldorf gefahren, wo sie zwei Stunden lang auf den Abflug wartete und ständig gegen den Schlaf ankämpfen musste. Sie hatte fast die ganze Nacht kein Auge zugetan vor Aufregung.

Jetzt, nach fast zehnstündigem Non-Stop-Flug, war sie wie aufgedreht. Von Müdigkeit keine Spur. Sie kramte das Foto von Cathy und ihren Eltern aus dem Bordgepäck und studierte es zum hundertsten Mal. Hoffentlich würde sie ihre Verwandten erkennen. Vielleicht hätte sie ihnen doch auch ein Foto von sich selbst schicken sollen.

Cathy hatte auf dem Foto lange blonde Haare, die offen auf ihre Schultern fielen. Sie lächelte mit ihren blauen Augen und strahlend weißen Zähnen offen in die Kamera. Sie trug ein eng anliegendes blau-weiß gestreiftes T-Shirt und blaue Capri-Hosen mit weitem Bein. Mit ihrem rechten Arm umfasste sie die Schultern ihrer fast gleich großen Mutter. Ihren linken Arm hatte sie locker um die Taille ihres Vaters gelegt. Alle drei Hollands sahen – Bettina suchte, wie immer, wenn sie das Foto betrachtete, nach dem richtigen Wort ... Sahen sie fröhlich aus? Gut gelaunt? Zufrieden? Ja natürlich. Alle diese Wörter passten zum Ausdruck der Gesichter, die Bettina da entgegenstrahlten. Aber da war noch etwas, etwas, das Bettina einen Stich versetzte und mit fröhlich, gut gelaunt oder zufrieden nicht treffend beschrieben war. Etwas, das es auf den wenigen Fotos, die von ihrer eigenen Familie existierten, nicht gab. Eine Art Sicherheit. Ja, das war es. Die Hollands sahen so sicher aus. Sicher, dass in ihrem Leben alles nach Plan verlaufen würde.

Eine Stewardess schreckte Bettina aus ihren Gedanken auf. „Würden Sie sich jetzt bitte wieder anschnallen?“, bat sie lächelnd. „Wir befinden uns bereits auf dem Landeanflug.“

Bettina verstaute das Foto in ihrem Filofax und legte den Gurt an. Sie ärgerte sich, denn eigentlich hatte sie sich auf der Bordtoilette noch zurechtmachen wollen. Sie hatte extra eine leichtere Hose und ein frisches T-Shirt in ihr Bordcase gepackt, um den Hollands nicht verknittert und verschwitzt entgegentreten zu müssen. Sie hatte während des Flugs geschlafen und sah bestimmt ungekämmt und erschöpft aus. Nun blieb keine Zeit mehr dazu. Bettina beugte sich aus dem Fenster. Miami lag hell erleuchtet unter ihr wie ein Meer aus Lichterketten.

„Jetzt dreht der wieder endlose Schleifen!“, stöhnte Bettinas Sitznachbarin.

Bettina sah die Frau verstohlen an.

„Weißt du, Kindchen, er wartet auf die Landeerlaubnis“, sagte die Dame gönnerhaft. Bettina störte das überhaupt nicht. So konnte sie diesen kolossalen Ausblick noch weiter genießen und sich ausmalen, wie sie bald dort unten herumlaufen und amerikanisch reden, essen, einkaufen und wer weiß was noch alles tun würde.

Sobald die Maschine zum Stehen gekommen war, sprangen die Passagiere auf und blockierten den Mittelgang. Bettina ließ sich Zeit. Sie schlüpfte in die

Schuhe und zog die Jeansjacke an. Den dicken Pullover, den sie beim Abflug getragen hatte, würde sie jetzt wohl nicht mehr brauchen. Sie stopfte ihn in den Rucksack.

Endlich hatten sich die Reihen gelichtet. Bettina verließ als eine der letzten Fluggäste die Boeing. Als sie durch die schmale Flugzeugtür auf die Treppe trat, die aufs Rollfeld führte, schlug ihr eine warme, trockene Brise entgegen. Sie sog die Luft tief in die Lungen und schüttelte ihre dunklen Locken zurück.

Bettina stand aufgeregt am Gepäckband und wartete auf ihren kleinen Koffer. Immer wenn sich die Tür nach den einzelnen Zollabfertigungen kurz öffnete und wieder schloss, musterte sie angestrengt die draußen wartende Menschenmenge. War das da nicht Cathy? Bettina stellte sich auf die Zehenspitzen, um besser sehen zu können. Aber da schoben sich die Flügel der Tür schon wieder zusammen und versperrten ihr den Blick. Endlich kam ihr Koffer. Bettina straffte sich und ging durch den Zoll.

„Bettina?“, ertönte da eine Stimme hinter ihr.

Bettina drehte sich um und stand einer schlanken, eleganten brünetten Person gegenüber.

„Tante Mary-Ann?“, fragte Bettina unsicher.

Mary-Ann lachte und umarmte Bettina. Dann schaute sie sie gespielt streng an. „Ihr Deutschen! Lass ‚Tante‘ bitte weg. Das macht mich ja so alt!“

Bettina war erleichtert. Ihre Tante schien ja cool zu sein.

„Und das ist Cathy!", sagte Mary-Ann und zeigte auf das Mädchen neben ihr.

Bettina erkannte sie sofort wieder. Auf dem Foto war sie gut getroffen.

„Hallo, Cousine!", sagte Cathy auf Deutsch. „Willkommen in Amerika. Ich freue mich riesig, dich hier zu haben."

Bettina staunte. „Du sprichst ja fantastisch deutsch!"

„O ja, das habe ich meiner Mum zu verdanken. Sie ist sehr streng mit mir! Darf ich?" Mit diesen Worten nahm sie Bettina den Koffer ab und steuerte auf den Ausgang zu.

„Entschuldige bitte, dass wir dich mit Cathys kleinem Cabrio abholen", sagte Mary-Ann, als Bettina zwischen ihr und Cathy im Fahrstuhl aufs oberste Deck des Flughafen-Parkhauses fuhr. Sie strahlte Bettina mit ihren warmen rehbraunen Augen an. „Phil ist mit dem Cadillac noch nicht von seiner Tagung zurück, und mein BMW ist gerade zur Inspektion in der Werkstatt."

Die Hollands hatten drei Autos? Bettina musste an ihren Bruder Thomas und an seine Worte über die ungerechte Verteilung des Reichtums denken. Ihr Vater fuhr mit dem einzigen Wagen, den die Familie besaß, zur Arbeit. Großeinkäufe konnte ihre Mutter nur in Vaters Freizeit erledigen. Die fast täglichen Gänge zum Supermarkt erledigte sie zu Fuß, oft mit Bettinas kleinem Bruder Benni im Schlepptau.

Mary-Ann sah live und in Farbe noch blendender aus als auf dem Foto. Sie war zwar keine Schönheit, machte aber jede Menge aus sich. Sie trug ihr Haar superkurz und kupferrot gefärbt. Ihre freundlichen Augen waren dezent geschminkt, sodass sie ein wenig größer wirkten. Ihr gesamtes Outfit war irgendwie siebzigerjahremäßig, fand Bettina, nur erwachsener. Das rot-orange gemusterte Kleid fiel fließend und weich und umspielte Mary-Anns drahtigen Körper. Finger- und Fußnägel waren in passender Farbe lackiert. Sogar ihre Handtasche passte zum Rest der Kleidung.

Cathy sah genauso hübsch und elegant aus: lange blonde Haare, hellblaue Augen, hellblauer unifarbener Wickelrock mit passendem Top und Schuhwerk.

Bettina überkam dasselbe mulmige Gefühl aus Verunsicherung, Angst und Bewunderung wie im Flugzeug, als sie das Familienporträt der Hollands betrachtet hatte. Noch nie in ihrem bisherigen Leben hatte sie Leute gekannt, deren Reichtum so offensichtlich und für sie selbst so selbstverständlich war.

Bettina rutschte in die Mitte der Rückbank, sodass sie zwischen Cathy und ihrer Mutter durch die Windschutzscheibe gucken konnte. Der Fahrtwind kämmte ihre Haare zurück. Auf der breiten Straße, die sie Richtung Norden fuhren, floss der Verkehr ruhig und gleichmäßig dahin.

Kein nerviges Stop-and-go wie auf den engen Kölner Straßen.

Vor ihnen lag die Skyline Miamis mit Hochhäusern, die den Namen Wolkenkratzer wirklich verdient hatten.

„Irre“, fand Bettina, die den Blick jetzt nach oben gerichtet hatte.

„Gefällt dir Miami?“, fragte Cathy.

Bettina nickte. „Es ist sehr beeindruckend.“

„In Deutschland gibt es keine *skyscraper*, stimmt's?“, wollte Cathy wissen.

„O doch“, widersprach Bettina. „Nur sind sie nicht so hoch. Oder nur die wenigsten.“

Cathy drehte sich um. „Hey, dein Englisch ist super!“

Bettina nickte. „Englisch ist mein Lieblingsfach. Auf Englisch kann man alles so einfach sagen, ohne die ganzen verschachtelten Nebensätze und so. Außerdem höre ich fast nur englische Musik, und manchmal kaufe ich mir sogar englische Zeitschriften.“

Mary-Ann lachte. „Apropos *skyscraper*! Cathy kennt einige alte Fotografien aus Karlsruhe, wo ich geboren bin“, erklärte sie. „Auf diesen Fotos sieht alles so *handsome*, so niedlich aus. Sie glaubt, überall in Deutschland müsse es so aussehen.“

Bettina lehnte sich auf der Bank zurück und streifte die Schuhe ab. Sie schloss die Augen. Sie war plötzlich furchtbar müde. Gut, dass sie hinten saß, da konnte sie sich ein wenig entspannen. Die Unterhaltung zwischen Mary-Ann und ihrer Tochter drang nur noch in Fetzen an ihr Ohr. Der Fahrtwind verschluckte die meisten Worte.

Bettina musste ein wenig eingenickt sein, denn als sie die Augen wieder aufschlug, bogen sie gerade in eine ruhige Seitenstraße ein.

Mary-Ann hob die Hand, winkte und rief: „Wir sind's, Juan, alles in Ordnung.“

Daraufhin entriegelte ein junger dunkelhäutiger

Mann ein hohes Tor aus Maschendraht und winkte das Cabriolet hindurch.

Mary-Ann hielt genau neben ihm an und zeigte nach hinten auf Bettina.

„Das ist meine Nichte Bettina aus Deutschland. Sie wird für zwei Wochen bei uns wohnen."

Juan nickte und winkte dem anfahrenden Wagen nach.

„Juan ist unser Beschützer", lachte Mary-Ann in den Rückspiegel.

Bettina rutschte auf dem Sitz nach vorn und schaute fragend.

„In Palm Beach wird viel eingebrochen", erklärte Cathy. „Du weißt schon, die vielen *Hispanics* aus Kuba und so ..."

„Zur Sicherheit wurde um unser Viertel herum eine *wall* gebaut. Wer hineinwill, muss einen Posten passieren und wird gecheckt, falls man ihn nicht kennt."

Bettina konnte kaum glauben, was sie da hörte.

„Und wenn ihr Besuch bekommt?", erkundigte sie sich.

„Den melden wir bei Juan an. So wie dich eben. Dann weiß er Bescheid und lässt die Leute durch."

Als Bettina schwieg, fuhr Cathy fort. „Die *wall* ist eine gute Sache. Seitdem gibt es viel weniger Einbrüche in unserer Siedlung."

„Ich käme mir gefangen vor", meinte Bettina.

Mary-Ann setzte den Blinker und bog auf eine breite Einfahrt ein. Wie von Geisterhand öffnete sich das große Garagentor, auf das sie zufuhren. Mary-Ann stoppte den Wagen und machte den Motor aus.

Sie drehte sich zu Bettina um.

„Da wären wir, Betty. Darf ich dich Betty nennen?“

Bettina lachte. „*Of course.*“

„Na, dann komm, wir zeigen dir das Haus.“

* * *

Das Haus war eine Villa. Der Eingangsbereich war durch ein großzügiges Vordach wettergeschützt und wurde von vier Säulen getragen. Im Inneren gab es einen Haupttrakt und einen Westflügel, unzählige Zimmer, wobei jedes einen besonderen Namen und eine bestimmte Funktion hatte: Bibliothek, Kaminzimmer, Hobbyraum, Fitnessraum, Esszimmer, Frühstückszimmer, Wohnzimmer ... Es gab mehrere Badezimmer und Gästetoiletten. Durch die Fenster konnte Bettina in der Dunkelheit einen weitläufigen Garten mit exotischen Pflanzen ausmachen und, wenn sie sich nicht täuschte, einen Swimmingpool.

„Und das ist dein Zimmer“, strahlte Mary-Ann, als sie eine Tür im Westflügel öffnete.

„Zimmer ist gut“, murmelte Bettina und sah sich staunend in dem großen Raum um. Wie im Rest des Hauses war auch hier der Boden mit hellem Marmor gefliest. Unter einem kleinen Esstisch mit drei Stühlen, der Couch plus TV und einem kleinen Sekretär lagen jeweils hübsch gemusterte Teppiche in warmen Gelbrottönen. An der gegenüberliegenden Wand gab eine gigantische Glasfront den Blick frei auf eine Holzveranda mit Hollywoodschaukel. Auf der linken Seite stand in einer Nische ein urgemütliches Doppelbett mit cremeweißem Himmel. Die rechte Zimmerwand wurde von einer Küchenzeile eingenommen, die mit allen Schikanen ausgestattet war: Waschmaschine, Spülmaschine, Mikrowelle, Herd, Kühlschrank ...

Cathy bemerkte Bettinas Staunen.

„Keine Angst", sagte sie schnell. „Du musst hier nicht selbst waschen oder kochen. Das macht Fernanda. Und essen tun wir natürlich alle zusammen bei uns."

Mary-Ann öffnete eine schwere Schiebetür zur Veranda hin.

„Mein Gott, ist das heiß hier! Fernanda hat vergessen die Klimaanlage anzuschalten. Schlaf nur unter dem Moskitonetz, Betty. Bei uns wimmelt es von den Blutsaugern."

Dann öffnete ihre Tante eine Tür zwischen Bettnische und Veranda. „Hier ist dein *bathroom*, in dem du ungestört deine Toilette verrichten kannst", sagte sie. „So kommen wir uns morgens nicht in die Quere. Es ist nicht perfekt, aber für zwei Wochen kommst du hoffentlich damit klar."

Bettina setzte sich vorsichtig auf die Bettkante. Eine Besichtigung des Badezimmers war überflüssig. Sie war sowieso sicher, dass sein Komfort ihr für den Rest ihres Lebens gereicht hätte.

„Wer wohnt denn sonst hier?", wollte Bettina von Cathy wissen.

„Sonst? Was meinst du?"

„In diesem Zimmer. Wem gehört es?"

„Oh", machte Cathy. „Es gehört niemandem. Das

ist unser Gästezimmer. Es steht die meiste Zeit über leer."

Bettina war froh, als Mary-Ann und Cathy sich verabschiedeten. „Ruh dich ein bisschen aus und komm dann rüber." Mary-Ann lächelte. „Es gibt um neun Uhr Abendessen, okay?"

Bettina nickte dankbar. Kaum war die Tür hinter Tante und Cousine ins Schloss gefallen, ließ sie sich von der Bettkante auf den Boden gleiten. Sie schüttelte ungläubig den Kopf und schlug die Hände vors Gesicht. Wo um Himmels willen war sie hier gelandet? Warum hatte ihr niemand gesagt, dass ihre Verwandten offensichtlich mehrfache Millionäre waren? Was sollte Cathy denken, wenn sie im nächsten Jahr vielleicht zum Gegenbesuch nach Köln käme? Sie würde mit ihr in einem Zimmer schlafen müssen, während Thomas ins Wohnzimmer auswich. Und von wegen: sich morgens in die Quere kommen. Sie würden dann für sechs Personen genau ein Badezimmer haben. Cathy würde glauben, Deutschland wäre ein Entwicklungsland, und würde auf ihre Wurzeln pfeifen.

Bettina fuhr sich mit den Fingern durchs Haar und atmete tief ein und langsam wieder aus. Sie lächelte. Wie sagte ihr Englischlehrer immer? *We cross the bridge, when we come to it.* Also: Warum sollte sie sich heute schon Gedanken darüber machen, was Cathy in einem Jahr vielleicht denken oder fühlen mochte. Sie war jetzt hier, und sie fand es fantastisch. Es war noch schöner, als sie es sich in ihren kühnsten Träumen vorgestellt hatte.

Bettina öffnete die Badezimmertür. Als sie die

runde, in den Fußboden eingelassene Badewanne sah, musste sie lachen. Sie stand vor dem deckenhohen Spiegel über dem Waschbecken und lachte Tränen. Immer wenn sie an die Worte ihrer Tante denken musste, überkam sie ein neuer Lachanfall. Mit tränenerstickter Stimme wiederholte sie: „Es ist nicht perfekt, aber für zwei Wochen ...“

Als sie sich endlich ein wenig beruhigt hatte, wischte sie das Gesicht mit den Handballen trocken und setzte sich auf den Badewannenrand.

„Na schön“, sagte sie laut zu sich selbst. „Wenn schon, denn schon.“ Sie öffnete den chromblitzenden Wasserhahn über der Badewanne, verstöpselte den Abfluss und begann sich langsam auszuziehen.

Am nächsten Morgen wurde Bettina von den warmen Sonnenstrahlen geweckt, die durch das Verandafenster fielen. Noch halb schlafend räkelte sie sich wohlig. Warum war es so leise im Zimmer? Schlief Thomas noch? Oder war er schon aufgestanden und saß in der Küche?

Bettina schlug die Augen auf. Florida, fuhr es ihr durch den Kopf. Ich bin in Florida bei Mary-Ann, Onkel Phil und Cathy. Bettina drehte sich auf die Seite und schaute aus dem Fenster in den Garten. Herrliche Blumenbeete in den buntesten Farben wechselten sich ab mit gepflegtem englischem Rasen. Es gab Apfelsinenbäume, Palmen, jede Menge große Papyruspflanzen und einen großen Teich mit Seerosen, der von tönernen Flamingos umstanden war.

Ein Fall für Benni, dachte Bettina amüsiert. Ihr kleiner neugieriger Bruder Benjamin bräuchte höchstens eine halbe Stunde, um die hübschen Vögel ins Wasser zu kippen und den Blumen die Blüten abzurupfen.

Bettina zog die Bettdecke enger um den Körper. Ihr Blick fiel auf den Wecker am Bett. Mit einem Schlag war sie hellwach und setzte sich auf. „Halb zwölf", schrie sie fast und schlug gleichzeitig die Bettdecke zurück. Sie hatte dreizehn Stunden geschlafen.

Zumindest nach offizieller Zeitrechnung. Als sie gestern ins Bett gingen, war es kurz vor elf gewesen, aber nach ihrer inneren Uhr, die noch europäisch tickte, war es fünf Uhr in der Früh! Bettina war dankbar, dass niemand sie geweckt hatte. Sie lauschte angestrengt. Kein Geräusch war zu hören. Kein Tellerklappern, kein lautes Reden oder Rufen. War sie vielleicht sogar allein? Sie zog dicke Stoppersocken und ihren Bademantel an und trat hinaus auf den Flur.

Gestern Abend hatten sie auf der Terrasse zum Swimmingpool hin zu Abend gegessen.

Nachdem Bettina in aller Ruhe gebadet und sich umgezogen hatte, hatte Cathy vorsichtig an die Tür geklopft.

„Darf ich reinkommen?"

Bettina hatte ihr die Tür geöffnet.

„Ich dachte, ich hole dich zum Essen ab. Bist du fertig?"

Bettina hatte genickt und die Tür hinter sich geschlossen. Auf der Terrasse saßen Mary-Ann und

Onkel Phil an einem wunderschön gedeckten Tisch. Onkel Phil war gleich aufgestanden und hatte sie sehr herzlich, mit Umarmung und Küsschen auf die Wange, begrüßt.

Mary-Ann hatte ein elegantes rotes Kleid und eine dazu passende Rubinkette getragen. Bettina vermutete jedenfalls, dass es sich um Rubine handelte, denn das waren die einzigen roten Steine, die sie kannte. Onkel Phil war wohl kurz zuvor von der Tagung zurückgekehrt, die Mary-Ann im Auto erwähnt hatte. Jedenfalls saß er mit Schlips und Kragen am Tisch. Auch Cathy hatte sich umgezogen. Sie hatte einen kaffeebraunen Overall aus einem weich fallenden Stoff an, der ihre sehr weibliche Figur umspielte. Bettina fühlte sich in ihren einfachen Leinenhosen und dem verwaschenen T-Shirt alles andere als passend gekleidet.

Mein Gott, hatte sie gedacht, machen die jeden Abend so einen Zauber? Als dann auch noch eine Art Kellnerin hereinkam, die sie alle bediente, fühlte sie sich plötzlich sehr fremd. Sie hatte an ihre Mutter gedacht, die schon seit Monaten davon träumte, endlich mal wieder schick essen zu gehen. Wenn sie ihre Tochter jetzt hätte sehen können, wie sie sich bedienen ließ ... Bettina schämte sich fast dafür.

Sie hatte viel von zu Hause erzählen müssen, wie es bei ihr in der Schule lief, was Thomas machte, wie groß Benjamin jetzt war und wie es den Eltern ging. Sie hatte sogar ein paar Fotos aus ihrem Zimmer geholt und sich bestätigen lassen, was sie natürlich wusste: dass sie ihrer Mutter wie aus dem Gesicht geschnitten war. Sie beide hatten dasselbe dunkle gelockte Haar, blaugraue Augen und ein schmales Gesicht mit hohen Wangenknochen.

Bei all ihren Schilderungen vermied es Bettina, so gut es ging, ihr Zuhause näher zu beschreiben. Nach dem Beruf des Vaters gefragt, hatte sie nur gesagt, dass er bei Ford arbeitete. Phil hatte gefragt: „Ingenieur?“

Bettina hatte genickt. Das war zwar gelogen, aber da sie das englische Wort für Schichtmeister nicht kannte, hatte sie die Fragerei auf diese Weise einfach abgekürzt. Und was spielte es schon für eine Rolle.

In einem Nebensatz hatte sie erwähnt, dass Thomas sie oft weckte, weil er früher aufstand als sie und natürlich das Licht anknipsen musste.

„Schlaft ihr etwa im selben Zimmer?“, hatte sich Cathy gewundert. „*How romantic!*“ Cathy schien das ernst zu meinen. Bettina konnte sich über die Bemerkung nur wundern, denn sie fand wirklich absolut nichts Romantisches daran, sich mit ihrem Bruder ein Zimmer zu teilen.

Im Laufe des Abends hatte Bettina ihr Unwohlsein einfach vergessen. Es war, als würde sich die Sicherheit, die die Hollands schon auf dem Familienfoto ausstrahlten, langsam auf sie übertragen. Alle waren so wohlerzogen und freundlich. Nichts und niemand hatte ihr das Gefühl gegeben, nicht am rechten Ort zu sein. Höchstens sie selbst. Besonders Cathy schien sich aufrichtig über ihren Besuch zu freuen.

Bettina erfuhr, dass Onkel Phil meist nur an den Wochenenden nach Hause kam, weil er geschäftlich viel unterwegs war. Tante Mary-Ann war gelernte Kosmetikerin, arbeitete aber natürlich nicht. Sie war eine der ehrenamtlichen Vorsitzenden der Bürgerinitiative, der das Viertel die Schutzmauer zu verdanken hatte.

„Du hast es gut", stellte Cathy fest. „Mum und Dad haben ständig wichtige Dinge zu tun." Sie seufzte. „Zwei Brüder. Ich wär froh, ich hätte einen."

Bettina war nicht sicher, ob Cathy sich ernsthaft über ihre Eltern beschwerte. Mary-Ann und Phil jedenfalls legten fast gleichzeitig eine Hand auf Cathys Unterarme. „*O darling*", sagte Mary-Ann, „wir machen doch wirklich alles für dich. Ich in deinem Alter wäre froh gewesen, tun und lassen zu können, was ich wollte."

Cathy nahm sich noch eine Portion Eis mit Erdbeeren. „Stimmt", stellte sie fest. „Eigentlich geht's mir prima." Sie lächelte so, dass sich ihre Eltern beruhigt wieder zurücklehnen konnten.

Jetzt tapste Bettina, in ihren viel zu dicken Bademantel gehüllt und mit Socken an den Füßen, im Haus herum auf der Suche nach Cathy. Als sie sich dem Wohnzimmer näherte, hörte sie Stimmen. Sie öffnete die Schiebetür und steckte ihren ungekämmten Lockenkopf hindurch.

„Na endlich", hörte sie Cathy freudig rufen. „Das ist meine Cousine aus Deutschland!"

Bettina starrte entgeistert auf eine Gruppe Gleichaltriger, die es sich auf der Couch und den Sesseln bequem gemacht hatten. Cathy kam zu ihr herüber, nahm sie am Ellbogen und führte sie zu den anderen.

„Ich zieh mich erst an", sagte Bettina. Ihr war die Situation peinlich.

„*No way*", sagte Cathy. „Wir haben so lange auf dich gewartet und dich brav ausschlafen lassen. Jetzt musst du erst meine Freunde kennen lernen."

„Also, darf ich dir Howard vorstellen", sagte Cathy förmlich und zeigte auf einen leicht übergewichtigen Jungen, der sich jetzt erstaunlich behende aus dem Sofa drückte. Bettina gab ihm die Hand und lächelte.

„Howard ist Stürmer bei den *Miami Flyers*, einer verdammt guten Football-Mannschaft. Er wohnt zwei Straßen weiter. Seine Eltern und meine kennen sich gut, und wir gehen zusammen aufs College."

Howard nickte wie zur Bestätigung. „*Nice to meet you, Betty.*"

Neben Howard saß John. Auch er ging mit Cathy aufs College und war – laut Cathy - ein begnadeter Surfer. Bettina fand, dass man ihm das ansah. Er hatte regelrecht sonnenverbrannte Haut, und sein schwarzes T-Shirt umspannte einen sichtbar muskulösen Body. Als er aufstand, war er um fast einen Kopf größer als Bettina, die mit ihren 1 Meter 76 nicht gerade klein war. Sein Händedruck fühlte sich fest und angenehm an.

„*Hi, Betty, how are you?*"

„Danke, gut. Und wie geht's dir?"

„Bea ist meine Freundin", sagte Cathy, als sich das Mädchen neben John erhob, um Bettina die Hand zu geben. Auf Deutsch, damit es die anderen nicht verstehen konnten, fügte Cathy hinzu: „Leider hängt sie jetzt ständig mit John herum."

Bettina fand das Mädchen auf Anhieb sympathisch. Sie hatte kurze braune Haare, trug ein langes Jeanskleid ohne Arme und funkelte sie aus grünen Augen freundlich an. Als sie sich wieder setzte, gab John ihr einen flüchtigen Kuss auf den nackten Oberarm.

„Jetzt fehlt eigentlich nur noch Carlos“, sagte Cathy wieder auf Englisch. „Dann kennst du unsere ganze Clique.“

„Geht er auch mit euch zur Schule?“

Cathy schüttelte den Kopf. „Carlos arbeitet als Juniormanager in der Firma seines Onkels. Er ist so eine Art Wunderkind.“

Bettina machte große Augen.

„Na, er ist irgendwie hyperintelligent oder so. Er hat zwei Klassen übersprungen und hängt ständig vor PCs rum. Er ist in der Firma seines Onkels für die Netzwerke zuständig.“

Bea amüsierte sich anscheinend über Cathys Schilderungen. Jedenfalls grinste sie verschmitzt, als sie sagte: „Aber ansonsten ist er ein waschechter Kubaner.“ Mit gespielt schmachtendem Gesichtsausdruck fuhr sie fort: „Er hat die braunsten Augen, die man je unter der Sonne sah, sein Antlitz schimmert gülden – und das nicht nur in der Abendsonne –, und wenn sein Luxus-Body am Beach auftaucht ...“

Weiter kam Bea nicht, weil sich Cathy auf sie stürzte und ihr den Mund zuhielt. An Bettina gewandt sagte sie: „Beas einziger und größter Fehler ist ihr Lästermaul. Hör nicht auf sie. Er ist wirklich süß!“

„... und sehr geheimnisvoll“, ergänzte Howard.

Bettinas Befangenheit war jetzt endgültig verflogen. „Und, habt ihr heute was Besonderes vor?“, fragte sie unternehmungslustig.

Cathy sprang auf. „Und ob. Wir haben Ferien. Also, ab zum Beach. Zieh dich schnell an und wirf ein paar Cornflakes ein.“

Als Bettina in Shorts, Turnschuhen und leichtem T-Shirt aus der Haustür trat, warteten die anderen schon im Wagen. Cathy saß am Steuer ihres Cabrios und hatte die Musik laut gedreht. Howard bemerkte Bettina als Erster. Er pfiff zwischen den Zähnen hindurch und strahlte. „Es sieht so aus, als hätten wir endlich Verstärkung gekriegt."

„Verstärkung?", fragte Bettina.

„Er meint bestimmt, beim Volleyballspielen am Strand", erklärte Cathy. In ihrem weißen körperbetonten Beachjumper samt Schirmmütze hätte sie glatt in eine Werbeanzeige gepasst. „Das ist nämlich absolut nicht mein Fall."

„Ich steh auch nicht drauf", sagte Bea.

„Und zu zweit oder dritt macht es einfach keinen Spaß", sagte Howard und schaute Bettina erwartungsvoll an.

„Ich spiele in unserer Schulmannschaft Volleyball", sagte sie stolz.

„*Yeah*!", machte Howard glücklich und schlug seine Handfläche gegen Johns, der neben ihm auf dem Rücksitz saß. Dann rückte er, so gut es ging, um Bettina Platz zu machen. Bettina kletterte neben ihn. Der Wagen fuhr an.

Bea drehte sich zu Bettina um. „Wir fahren zum

Clarke Beach, das ist der beste Platz weit und breit."

Bettina strahlte. Wenn jetzt ihr Bruder, der alte Miesepeter, sie sehen könnte ... Bestimmt bolzte er gerade auf regennassem Ascheplatz mit seinen Kumpels und ahnte nicht einmal, wie aufregend Amerika war. Er hatte zwar Recht, die Hollands hatten unverschämt viel Geld. Aber Carlos, der aus Kuba kam und Juniormanager war, doch anscheinend auch. So viel zum Thema Chancengleichheit, Bruderherz, dachte Bettina. Sie hielt ihr Gesicht in die Sonne und summte den Song aus dem Radio mit. Das ist ein Sonntag ganz nach meinem Geschmack, dachte sie.

Nach knapp zehnminütiger Fahrt lenkte Cathy das Auto auf einen großen Parkplatz. Die Freunde stiegen aus und liefen hinunter zum Strand. Bettina verschlug es den Atem. Der weiße feine Sand unter ihren Füßen verlor sich in zirka hundert Meter Entfernung in türkisgrünem Wasser. Die Wellen schlugen sanft ans Ufer. Einige wenige Kinder plantschten in der Brandung. Hier und da machte Bettina Grüppchen von Leuten auf Decken, Liegestühlen, unter Sonnenschirmen aus. Bettina ging in die Hocke und zog sich die Schuhe aus. Sie spreizte die Zehen. Der Sand - warm und weich – kitzelte ihre Fußsohlen.

Cathy und Bea breiteten eine mitgebrachte Decke aus und zogen sich aus.

„Hey", rief Howard. „Willst du da festwachsen?"

Er warf seinen Volleyball hoch, fing ihn wieder auf und zeigte mit erhobenem Arm auf das Netz im Sand.

Bettina lief mit federnden Schritten los.

„Viel Spaß, *honey*", riefen die Mädchen ihr gespielt mitleidig nach.

„Danke!"

„Vielleicht kommt Carlos gleich noch, dann können wir ein Match zwei gegen zwei spielen", sagte John. „Jetzt erst mal *just for fun*, okay?" Damit lief er unter dem Netz hindurch, stellte sich hinter die Grundlinie, die durch ein mit blauem Gummi überzogenes Stahlgestell markiert war, und baggerte den Ball zu Bettina hinüber. Die nahm den hart gespielten Ball gekonnt mit den Fingerspitzen entgegen und pritschte ihn ihrem Mitspieler Howard zu. Instinktiv rief sie dabei: „Eins ..."

Howard nahm den Ball an, „... *two* ...", und spielte ihn eng ans Netz, wo Bettina sprungbereit wartete. Als der Ball angeflogen kam, sprang sie hoch und schlug ihn mit dem Puls hart auf Johns Spielfeld. John hatte keine Chance, den Ball noch zu erwischen. Er hob anerkennend den Daumen. Howard kam mit erhobener Hand auf sie zu. „*Give me five.*"

Bettina klatschte ihn ab, wie sie es im Fernsehen schon oft bei Spielern gesehen hatte.

Nach einer knappen halben Stunde sank Bettina erschöpft in den Sand. „Ich kann nicht mehr", rief sie.

„Toll gespielt." Howard lachte und half ihr wieder auf die Füße. Zu John sagte er: „Lass uns 'ne Pause machen."

Bettina schaute sehnsüchtig aufs Meer. Gut, dass sie ihren Badeanzug schon angezogen hatte. Kurz entschlossen streifte sie das T-Shirt über den Kopf, zog die Shorts aus, drückte Howard beides in den Arm und rannte los. „Ich muss ins Wasser", rief sie den Jungen zu.

Bettina war bei dem Spiel ganz schön ins Schwitzen gekommen. Es war weitaus anstrengender, auf Sand zu laufen, zu springen und zu hechten, als auf dem für sie gewohnten Hallenboden. Kaum umspülte das erfrischende Wasser ihre Beine, ließ sie sich fallen und schwamm mit kräftigen Zügen voran. Sie drehte sich um die eigene Achse auf den Rücken und schaute in den Himmel. Kein Wölkchen war zu sehen. Über ihr und unter ihr nur Blau. Sie wartete, bis sich ihr Pulsschlag beruhigt hatte, und schwamm dann ruhig zum Strand zurück. Langsam und völlig entspannt ging sie zu Cathy und ihren Freunden.

Im Näherkommen sah sie einen dunkelhäutigen Jungen im Schneidersitz auf der Decke sitzen, der sich mit Cathy unterhielt. Das muss Carlos sein, dachte Bettina. John cremte Bea den Rücken mit Sonnenmilch ein. Erst als Bettina dicht vor der Gruppe stand, bemerkte Cathy sie.

„Das ist sie", sagte Cathy zu Carlos. „Meine Cousine Betty aus Deutschland."

Carlos erhob sich und gab Bettina die Hand. „Ich bin Carlos", sagte er. Bettina nickte und erwiderte den warmen, freundlichen Blick. Nach Cathys Beschreibung hatte sie ihn sich anders vorgestellt. Klein und niedlich irgendwie, mit hundebraunen und schmachtenden Augen. Der Junge, der jetzt vor ihr stand, war alles andere als das. Er strahlte Kraft und Energie aus und war vor allen Dingen eins: stolz.

„Dann können wir ja jetzt das Match starten",

schlug Howard vor und sprang auf. Er hatte im Sand gelegen und in einer Zeitschrift geblättert.

„Später“, sagte John.

„Genau“, nickte Bea und gab ihm einen Kuss.

Bettina und Carlos standen sich noch immer gegenüber und schauten sich an. Cathy räusperte sich. Bettina griff nach ihrem Handtuch und begann sich abzutrocknen.

„Das Wasser ist super“, sagte sie, nur um irgendetwas zu sagen.

„Wohnst du auch am Meer?“, fragte Carlos. Er setzte sich wieder neben Cathy.

Bettina lachte. „O nein. Und selbst wenn ... Bei uns heißt das Meer Nordsee.“ Sie sagte das Wort auf Deutsch, und es klang sogar in ihren eigenen Ohren hart. Deshalb verzog sie das Gesicht und tat, als fröstelte sie. „Hört sich verdammt kalt an, oder?“

Carlos lachte.

„Kommst du mit deiner Arbeit gut voran?“, fragte Cathy.

„Was?“ Carlos wirkte zerstreut. Er wandte sich jetzt wieder Cathy zu, schaute aber immer wieder zu Bettina hoch.

„Ob du mit deiner Arbeit ...“, wiederholte Cathy.

Carlos nickte. „O ja. Ja!“ Er hatte sichtlich keine Lust, an diesem schönen Sonnen-Sonntag über seine Arbeit zu sprechen.

Aber Cathy ließ nicht locker. „Also hat dein System gehalten, oder hattet ihr wieder einen *crash*?“

„Nein. Jetzt klappt es!“, sagte Carlos kurz.

„Hast du das Betriebssystem gewechselt?“, fragte Howard.

„War nicht nötig."

„Nicht nötig." Howard lachte auf.

Carlos war genervt. „Können wir nicht mal über etwas anderes als meine Arbeit reden?"

Bettina fing den Blick ab, den Howard Cathy zuwarf. „Na ja, ich weiß nicht", sagte er leise und stand auf.

Bettina breitete ihr Handtuch neben der Decke aus und machte sich darauf lang. Sie schloss die Augen und versuchte nicht zu hören, was Carlos und Cathy sprachen. Das war glücklicherweise nicht besonders schwer, weil sie untereinander ein anderes Englisch sprachen als mit ihr. Sie redeten schneller und verwendeten Ausdrücke, die Bettina nicht kannte. Aber Bettina spürte, dass die Unterhaltung nur mühsam in Gang gehalten wurde. Cathy sprach weitaus mehr als Carlos, und sie fragte ihn ständig irgendetwas, auf das er nur einsilbig antwortete.

„Wie findest du das, Betty?", fragte Cathy.

Bettina blinzelte in die Sonne. Cathy hielt ihr ein weißes T-Shirt mit Aufdruck entgegen. Bettina setzte sich auf und betrachtete es näher. „Wer ist das?", fragte sie und zeigte auf die Reproduktion eines lachenden Mädchengesichts auf dem T-Shirt.

„Was, das erkennst du nicht?" Cathy lachte. „Carlos, weißt du, wer das ist?"

Carlos nahm das T-Shirt und breitete es vor sich im Sand aus.

„Ich schätze, das bist du, Cathy", sagte er grinsend.

Cathy klatschte in die Hände. „Bravo! Woran hast du es erkannt?"

Carlos legte den Kopf schief. „An den Augen", sagte er.

„Was ist mit den Augen?", wollte Cathy wissen.

„In ihnen steht ein Satz geschrieben." Er schaute Cathy herausfordernd an. Bettina konnte die Spannung zwischen den beiden förmlich knistern hören.

„Und der wäre?", fragte Cathy lieblich.

„Ich lese ihn so: *I'll get what I want!*"

Cathy gefiel das Spiel, das konnte Bettina deutlich spüren. Sie nahm das T-Shirt, schüttelte es aus und überreichte es Carlos feierlich. „Ich schenke dir das T-Shirt", sagte sie, „damit du das nie vergisst."

Carlos stopfte das T-Shirt in seinen Rucksack. Er war jetzt wieder sehr ernst. Er schaute Cathy nachdenklich an und nickte dabei, als sei ihm eben ein Licht aufgegangen.

„Kommt einer mit, was zu trinken kaufen?", fragte Howard in die Runde.

Carlos sprang bereitwillig auf. Cathy gab Howard wortlos ihren Autoschlüssel und ließ sich auf den Rücken fallen. Als Carlos und Howard fort waren, setzte sich Bea auf.

„Was ist denn mit Carlos los?", wunderte sie sich. „Normalerweise kriegen den doch keine zehn Pferde vom Strand weg."

Statt einer Antwort stöhnte Cathy: „Der Typ macht mich wahnsinnig."

„Selbst schuld", raunte Bea.

Bettina drehte sich auf die Seite. Sie grub den Ellbogen in den Sand und stützte ihren Kopf in die Hand. „Sollen wir ein bisschen am Strand entlangspazieren?", schlug sie vor.

„Gute Idee“, fand Cathy. Sie stand auf und wies mit dem Kinn lachend auf Bea und John. „Lassen wir unsere Turteltauben ein wenig allein.“

Eine Weile gingen sie schweigend nebeneinander her.

„Hast du einen Freund in Deutschland?“, wollte Cathy wissen. Bettina schüttelte den Kopf.

„Hattest du einen?“

Bettina schüttelte wieder den Kopf. „Nein. Nicht richtig.“ Sie schaute ihre Cousine an. „Ist Carlos dein Freund?“

Cathy lachte gespielt amüsiert. „Schön wär's. Ich komme einfach nicht an ihn heran.“

Als Bettina nichts sagte, fuhr sie fort. „Solche Szenen wie die eben mit dem T-Shirt hatten wir schon tausendfach. Ich grüble nächtelang über ihre Bedeutung. Liebt er mich, liebt er mich nicht? Warum hängt er ständig mit uns rum?“

„Er ist doch mit euch befreundet.“

„Ja, schon“, sagte Cathy. „Mit allen und keinem. *You know, what I mean?* Mit keinem von uns ist er besonders befreundet.“ Etwas leiser fügte sie hinzu: „Da bin ich keine Ausnahme.“

„Vielleicht ist er ja schüchtern“, vermutete Bettina. Aber das glaubte sie selbst nicht.

„Er ist immer so ernst.“ Cathy zuckte mit den Schultern. „Hast du Lust auf ein Eis?“, fragte sie dann.

Bettina nickte.

Cathy kaufte an einem Strandwagen zwei Eistüten, und die Mädchen setzten sich nebeneinander in den Sand.

„Als wir Carlos kennen lernten, spielten wir gerade Frisbee“, sagte Cathy. „Es war hier am Strand.“ Sie zeigte hinüber zu den anderen. „John und Bea hatten wie immer nur Augen füreinander und waren gar nicht richtig bei der Sache. Ich spielte also eigentlich mehr mit Howard allein. Plötzlich schlenderte dieser unverschämt gut aussehende Typ quer über den Strand. Er sah zu mir herüber. Dann ließ er sich in den Sand fallen und schaute uns zu. Howard ging irgendwann hin und fragte, ob er mitspielen wollte. Und weißt du, was Carlos geantwortet hat?“

Bettina schüttelte den Kopf.

„Er sagte: Ich kann das nicht!“

Bettina fand daran nichts Besonderes. „Ich kann auch kein Frisbee spielen“, sagte sie.

„Okay. Du bist Deutsche und lebst in einer Stadt. Aber hier? Es gibt niemanden in unserem Alter, der kein Frisbee spielt.“

„Er kommt aus Kuba“, wandte Bettina ein.

Cathy zuckte mit den Schultern. „Er lebt aber schon ewig hier.“ Sie leckte an ihrem Eis. „Als ich mitbekam, warum Carlos nicht mitspielte, bin ich zu ihm rüber. Ich dachte, er wollte sich interessant machen, und hab ihn ein bisschen gefoppt. Und dann kam’s.“

Bettina machte große Augen.

„Er erzählte mir, dass er nie gelernt hätte, Frisbee zu spielen, weil sein Onkel ihm den Kontakt zu amerikanischen Kids verbietet.“

„Warum?“

„Die *Hispanics* haben einen verdammten Stolz. Die, die hier ihr Glück gemacht haben, halten sich für was Besseres. Sie wollen ihre Wurzeln nicht mit dem *American way of life* vermischen. Das ganze Machoprogramm eben."

„Gehen wir noch ein Stück", schlug Bettina vor.

Cathy watete durchs Wasser. „Carlos' Eltern sind bei einem Autounfall ums Leben gekommen. Sein Onkel hat ihn aufgenommen und mit nach Florida gebracht. Hier bezahlte er ihm die Schule und alles. Dafür erwartet er aber bis heute den absoluten Gehorsam. Carlos musste immer der Beste sein und hat es wohl auch geschafft. Er hat zwei Klassen übersprungen und ist letztes Jahr bei seinem Onkel in der Firma eingestiegen. Aber nur als Angestellter. Wenn er nicht pariert, fliegt er raus."

„Hat er dir das alles erzählt?"

Cathy nickte.

„Wahrscheinlich ist er deshalb so zurückhaltend dir gegenüber."

„Das sagt Bea auch", meinte Cathy. „Er hat Angst. Sein Onkel hat ja sogar schon eine Frau für ihn ausgeguckt. Irgendeine Tochter von einem seiner kubanischen Geschäftsfreunde."

„Dann trifft er sich also heimlich mit euch?"

Cathy nickte. „Er kommt immer, wenn er sich loseisen kann, hierher oder zu einem von uns nach Hause. Man kann ihn nicht anrufen oder besuchen, weil sein Onkel dann was merken würde."

Bettina fand das alles sehr verwirrend. Carlos konnte einem echt Leid tun.

„Wo wohnt er eigentlich?"

„In der St.-Elms-Street. Ein paar Straßen von uns entfernt. Er hat es uns mal von außen gezeigt, vom

Auto aus“, erzählte Cathy. „So ein rosa Prachtbau. Wenn meine Eltern wüssten, dass ich in Carlos verliebt bin, würden sie ausflippen.“

„Weil er Kubaner ist?“

Cathy nickte. „Sie haben richtige Vorurteile gegen die *Hispanics*, egal ob sie Geld haben oder nicht. Sie behaupten, die reichen Kubaner sind alle Mafiosi, die ihr Geld mit Drogengeschäften machen.“

„Aber Carlos darf dich doch besuchen.“

„Ja“, nickte Cathy. „Aber gern sehen meine Eltern das nicht.“

Bettina schüttelte ungläubig den Kopf. „Das ist ja wie bei Romeo und Julia“, sagte sie. Sie wollte Cathy etwas aufmuntern, die mit hängenden Schultern neben ihr herging.

Cathy lachte bitter. „Mit einem Unterschied: Julia wusste, dass Romeo sie liebte. Mein Romeo ist mit seinen Gedanken immer ganz woanders. Er merkt gar nicht, wie verrückt ich nach ihm bin.“

Bettina konnte spüren, wie es Cathy bei ihrer Erzählung regelrecht den Hals zuschnürte. Nur zu gern wollte sie ihr helfen. Aber wie?

Wäre sie selbst verliebt in einen Jungen, überlegte sie, würde sie es sich auf keinen Fall so stark anmerken lassen wie Cathy. Jemanden mit seinen Gefühlen so zu überrollen, wo man doch gar nicht wusste, wie der andere einen fand, das war bestimmt ein Fehler. Cathy musste ihr Verhalten auf jeden Fall ändern.

Bettina hielt ihre Cousine am Arm fest. „Das nächste Mal bleibst du zu Hause“, sagte sie bestimmt.

Cathy riss die Augen auf. „Wie bitte?“

„Wenn du herausbekommen willst, ob Carlos dich mag, dann musst du dich ein bisschen dünne machen. Er wird wissen wollen, wo du bist, ob du krank bist, sich bei dir melden, was weiß ich ...?"

Cathy sah Bettina nachdenklich an. „Das kommt nicht in Frage", entschied sie. „Ich würde sterben vor Sehnsucht!"

Aber Bettina war wild entschlossen. „Es ist doch nicht für lange. Überleg mal: Was hat es denn gebracht, dass du immer dahockst und auf ihn wartest? Dich bemühst, ihn für dich einzunehmen? Ihn mit Fragen bombardierst?"

Cathy musste gestehen: „Gar nichts!"

„Also, was hast du dann zu verlieren?", fragte Bettina.

Cathy seufzte. „Vielleicht hast du Recht."

Bettina strahlte. „Wirst sehen. So kriegen wir ihn." Sie hakte sich bei ihrer Cousine unter. Mit jedem Schritt, den sie gemeinsam auf ihre Freunde zumachten, gewann auch Cathy an Zuversicht. Der Plan würde schon aufgehen. Sie drückte Bettinas Arm und lächelte sie dankbar an. „Schön, dass du da bist!", sagte sie.

„Nein, Howie, ich fühle mich wirklich nicht besonders“, sagte Cathy. „Ich habe rasende Kopfschmerzen.“ Cathy spielte ihre Rolle wirklich überzeugend, fand Bettina. Ungeschminkt kauerte sie im Sessel und nippte an ihrem Kamillentee.

„Ein Grund mehr, dich hier nicht allein zu lassen“, entgegnete Howard. „Bettina kann John und Bea doch abholen. Ich bleibe bei dir.“

„Ich habe keinen Führerschein“, sagte Bettina bedauernd.

Howard stöhnte leise auf. „Dann holen sie dich eben hier ab. Das muss doch drin sein.“

„Wirklich lieb von dir, Howard. Aber ich will nur ins Bett und schlafen“, sagte Cathy.

„Wir könnten den Strand auch ganz sausen lassen“, überlegte Howard laut. „Wir treffen uns alle hier und kochen dir was Feines.“ Erwartungsvoll blickte er von Cathy zu Betty.

„Du bist süß, Howie. Aber was ist mit Carlos?“, fragte Cathy. „Wir sind mit ihm verabredet.“

Howard schlug sich mit der flachen Hand auf den Oberschenkel. „Dass man den Kerl aber auch nicht erreichen kann.“

Cathy legte beschwichtigend die Hand auf Howards Arm. „Du weißt doch, wie sein Onkel ist.“

Howard schnaubte durch die Nase. „Ich weiß, was Carlos darüber erzählt hat, wie sein Onkel ist", sagte er.

„Was soll das heißen?", fragte Cathy. „Fängst du wieder damit an?"

Howard seufzte. „Nichts. *Forget it.*" Dann erhob er sich, nahm seine Autoschlüssel vom Tisch und nickte Bettina zu. „*Let's go*, Betty."

Bettina drückte Cathy einen Kuss auf die Stirn und zwinkerte ihr verschwörerisch zu.

„Bea weiß auch Bescheid", flüsterte Cathy. „Kommt nicht so spät. Ich bin gespannt wie ein Flitzebogen."

Bettina nickte.

Als die Tür ins Schloss fiel, sprang Cathy auf. Sie schüttete den Tee in den Ausguss des Spülbeckens und ging ins Bad. Sie duschte, schminkte sich sorgfältig und zog ein durchgeknöpftes langes Leinenkleid an. Dazu wählte sie flache braune Mokassins von Prada, ihrer liebsten Schuhmarke. Sie hatten dreihundert Dollar gekostet. Als ihre Mutter der Verkäuferin im Schuhladen den Scheck gereicht hatte, hatte sie ihrer Tochter zugeflüstert: „Es war schon immer ein bisschen teurer, einen guten Geschmack zu haben."

Immer wenn Cathy das weiche und doch feste Leder der Mokassins an den nackten Füßen spürte, musste sie daran denken. Sie hatte einen guten Geschmack, und – das Wichtigste – sie hatte genug Geld, um ihn sich zu leisten. Das war ein wunderbares Gefühl. Sie wusste, wohin sie gehörte, und sie wusste, wie man sich dort, wo sie hingehörte, kleidete.

Nicht zuletzt dieses Zugehörigkeitsgefühl zu der einen bestimmten Gesellschaftsschicht ließ sie hoffen, dass Carlos' Onkel eines Tages ein Einsehen haben würde. Er musste doch froh sein, dass sein Neffe sich ein Mädchen aus seinen Kreisen wählte. Auch wenn sie keine Kubanerin war.

Cathy war ihrer Mutter deshalb dankbar dafür, ihr Sicherheit in Stilfragen beigebracht zu haben. Auch wenn sie das ständige Gerede über Geschmack und Geld nervte. Cathy wusste, warum es ihrer Mutter so wichtig war. Sie hatte hart dafür arbeiten müssen, ihren Geschmack auszubilden. In ihrer Kindheit und Jugend hatte sich niemand darum gekümmert. Ihre Großeltern, die Cathy leider nie kennen gelernt hatte, waren zeit ihres Lebens damit beschäftigt gewesen, ihr Auskommen zu sichern. Es gab Zeiten, da waren sie froh gewesen, überhaupt etwas halbwegs Tragbares zum Anziehen zu haben.

Ihre Mutter hatte ihr oft genug erzählt, wie schwierig die ersten Begegnungen mit der Familie ihres zukünftigen Mannes für sie gewesen waren. Sie war so sehr damit beschäftigt, nichts falsch zu machen, dass sie nach jeder Einladung völlig erschöpft war. Ein sonntäglicher Brunch, eine Partie Golf oder ein harmloses Barbecue waren ihr anstrengender gewesen, als acht Stunden körperlicher Arbeit. Mary-Ann Holland hatte aufgrund eigener Erlebnisse, bei denen sie sich oft als falsche Person am falschen Ort empfunden hatte, ein geschultes Auge für das Passende und Unpassende im Leben anderer.

Während Cathy etwas Make-up auflegte, dachte sie an die Worte ihrer Mutter. „Bettina ist ein nettes

Mädchen", hatte sie vorgestern gesagt. „Aber sie kleidet sich zu einfach."

„Wenn es ihr gefällt ...", hatte Cathy widersprochen. Sie hatte befürchtet, wieder einen der ellenlangen Monologe der Mutter um die Ohren gehauen zu bekommen.

Aber die Mutter widersprach. „Ich habe ihr beim Auspacken geholfen. Nur die billigste Baumwolle, Jeans und Shorts. Das kann ihr gar nicht gefallen." Als Cathy nur mit den Schultern zuckte, beugte sich die Mutter zu ihr herab. „Das ist eine Frage des Geldes", hatte sie geraunt. „Ich glaube, mein Cousin in Deutschland hat keinen besonderen Erfolg."

Bis dahin hatte Cathy nicht darüber nachgedacht, wie arm oder reich die Familie ihrer Cousine war. Und offen gestanden war ihr das auch egal. Sie mochte Bettina wegen ihrer Natürlichkeit und ihres offenen Wesens. Endlich war mal etwas los bei ihnen zu Hause, wo die Stille schon so oft drückend auf Cathy gelastet hatte.

Cathy hatte das Gefühl, durch Bettina ein Stück Familie dazugewonnen zu haben. Und durch ihren gemeinsamen „Geheimplan Carlos" fühlte sie sich ihr fast schwesterlich verbunden.

So sehr Cathy ihre Mutter für vieles bewunderte – oftmals empfand sie ihre Urteile als sehr hart und einseitig. War es denn wirklich immer so wichtig, wie sich jemand kleidete und was er im Portmonee hatte?

Cathy warf einen letzten prüfenden Blick in den Spiegel. Dann holte sie ihre Kreditkarte, die für sie immer griffbereit im Sekretär ihrer Mutter lag, und ging zur Tür hinaus. Sie stieg gut gelaunt in ihr Cabrio und steuerte es Richtung Highway. Sie wollte nicht eher nach Hause kommen, bis sie in Miami ein schönes Geschenk für ihre Cousine gefunden hatte.

* * *

Bettina nahm sich fest vor, Howard bei nächster Gelegenheit danach zu fragen, was er mit seiner Bemerkung über Carlos und seinen Onkel gemeint hatte. Aber kaum waren sie beide in seinen Jeep gestiegen, um John und Bea abzuholen, hatte er eine CD in seinen Autorekorder geschoben und ihn so laut gestellt, dass eine Unterhaltung unmöglich war. Er sang den Song mit und tat übertrieben gut gelaunt. Auch als John und Bea hinzustiegen, machte er damit weiter. Schließlich ließen sich alle von seinem Gesang anstecken. Mit offenem Verdeck und laut singend brausten sie zum Strand.

Als sie auf dem kleinen Deich standen und aufs Meer blickten, staunte Howard: „Carlos ist ja schon da."

Und tatsächlich. Carlos saß mit dem Rücken zu ihnen am Volleyballfeld im Sand und schaute aufs Wasser hinunter.

„Kommt, wir erschrecken ihn", schlug Howard vor. „Wir pirschen uns ganz langsam von hinten an ihn heran."

Als sie so nah an Carlos herangekommen waren, dass sie nur den Arm hätten ausstrecken müssen, um ihn zu berühren, sagte Howard plötzlich mit tiefer Stimme: „Ihre Aufenthaltserlaubnis, bitte!"

Carlos sprang auf und wirbelte herum. Sein ganzer Körper war Anspannung, in seinen Augen lag der Ausdruck eines gehetzten Tieres. Erst als er sie erkannte, entspannte er sich und ließ die Schultern hängen. Aber nur für Sekunden. Dann ballte er die Fäuste und presste die Lippen aufeinander. „Bist du bescheuert?“, schnauzte er Howard an.

Howard zog die Augenbrauen hoch. Dann schlug er Carlos freundlich auf die Schulter und sagte: „Sorry, ich wusste nicht, dass du so schreckhaft bist.“

John klatschte in die Hände und rief: „Wer ist zuerst im Wasser?“

Howard, Carlos und John rissen sich ihre Kleider bis auf die Badeshorts vom Leib und liefen runter zum Strand. Sie sprangen in die Wellen, stürzten sich einer auf den anderen und zogen sich gegenseitig unter Wasser. Dann tauchten sie alle drei laut prustend wieder auf.

„Was ... Wieso ...?“ Bettina verstand überhaupt nichts.

„Beruhige dich“, lachte Bea. *„It's just a joke.“*

„Seltsamer Witz“, fand Bettina.

„Ja. Die Grenzer betreiben es ziemlich ernsthaft“, sagte Bea. „Sie suchen sogar mit Hubschraubern nach illegalen Einwanderern. Wenn sie irgendwo in der Pampa eine Gruppe Männer ausmachen, fliegen sie so tief, dass die Meute aufgeschreckt auseinander läuft. Die meisten von ihnen sind illegal und werden ausgewiesen.“

„Und dann?“, wollte Bettina wissen.

„Dann kommen sie wieder“, sagte Bea. „Zigmal

kommen sie über die Grenze in der Hoffnung, es einmal zu schaffen."

„Du meinst, hier bleiben zu können?", fragte Bettina.

Bea nickte. „Ist doch klar. Die sehen, dass wir hier in Saus und Braus leben, und wollen auch was von dem Kuchen haben."

„Und über so was macht ihr Witze?"

Bea zuckte mit den Schultern. „Carlos hat damit kein Problem."

Bettina sah hinunter zum Wasser.

John, Howard und Carlos tobten ausgelassen. Von hier aus sah es wirklich so aus, als hätte Carlos kein Problem. Er gehörte dazu. Er war Amerikaner. Dennoch. Bettina hatte ein seltsames Gefühl. War Carlos eben nicht eine Spur zu panisch aufgesprungen? Oder hatte das zum Spiel gehört? Und dieser Ausdruck in seinen Augen ... Für die Dauer eines Lidschlags stand darin eindeutig Angst, und zwar die pure Angst.

„Hilfst du mir?" Bea riss Bettina aus ihren Gedanken. „Ich muss noch mal zum Wagen, die Sachen holen."

„Klar", entgegnete Bettina. „Was für Sachen?"

„Ich hab ein paar Würstchen und Coke mitgebracht. Ich dachte, wir könnten heute Abend grillen."

Bettina dachte an Cathy, die jetzt allein zu Hause saß und sehnsüchtig darauf wartete, dass sie zurückkäme, um ihr von Carlos zu berichten. Cathy würde sich wohl eine Weile gedulden müssen.

Als Bea und Bettina mit der Kühltasche zurückkamen, trockneten sich die Jungen gerade ab. Carlos sah auf.

„Hallo, Betty. Hi, Bea“, begrüßte er die Mädchen. „Wo habt ihr Cathy gelassen?“

Na also, dachte Bettina. „Sie ist krank“, erklärte sie. „Sie hat ziemlich starke Kopfschmerzen.“

„Hoffentlich nichts Ernstes“, sagte Carlos.

John schlug Carlos kameradschaftlich auf die Schulter. „Schade, dass du nicht zum Grillen bleiben kannst, Alter.“

„Mmh.“

„Er muss um sechs zurück in der Firma sein“, erklärte John.

„Ja, leider“, sagte Carlos. Sein Blick streifte Bettina. Sie schluckte, dann riss sie ihre Augen von ihm los.

„Wollen wir Frisbee spielen?“, fragte Bea.

Bettina ließ sich auf die Decke fallen. „Kann ich nicht“, sagte sie entschuldigend.

Carlos nahm sie bei den Händen und zog sie wieder hoch. „Ich konnte es auch nicht. Lernt man ganz schnell.“ Er steckte einen Zeigefinger in den Mund und hielt ihn dann in die Luft. „Nur ein laues Lüftchen aus Südost. Optimale Bedingungen.“ Dann zog er ein Frisbee aus seinem Rucksack und lief los. Er winkte Bettina, ihm zu folgen. „Ich zeig dir, wie's geht!“

Bettina lief hinter Carlos her.

Die anderen stellten sich in zirka zwanzig Meter Entfernung zueinander im Kreis auf.

„Ich mach's einmal vor, okay?“, rief Carlos.

Bettina nickte und beobachtete ganz genau, was

Carlos tat. Sein Daumen lag auf der Scheibe, während sein Zeigefinger ihn am Rand stabilisierte. Die restlichen Finger verschwanden unter der Wurfscheibe. Nun knickte er den Arm ein und drehte den Oberkörper nach links. Er verharrte eine Weile in dieser Position. Dann löste er plötzlich und blitzschnell alle Drehungen wieder auf: Zuerst ließ er den Oberkörper, dann den Arm nach vorn schnellen, und zuletzt gab er dem Frisbee mit einer Wurfbewegung aus dem Handgelenk den letzten Kick.

Schnell und zielsicher flog das Frisbee in gerader Fluglinie zu Bea hinüber. Sie sah der heranschnellenden Scheibe konzentriert entgegen. Als sie zirka zwei Meter von ihr entfernt war, sprang Bea hoch und schnappte mit der Hand zu.

„Wow", sagte Bettina. „Sieht irre aus!"

Carlos nickte. „Bea wirft zu John und John zu Howard. Versuch du, Howards Wurf abzufangen", sagte er.

Bettina stellte sich in Position. Als Howard das Frisbee abgeworfen hatte, fixierte Bettina das sich nähernde Flugobjekt. Es raste genau auf ihren Oberkörper zu. Dann streckte sie die Hand aus und wollte die Scheibe zwischen Daumen und Hand einklemmen. Doch sie verfehlte das Frisbee. Es flog ungebremst runter zum Wasser.

Bettina sah der Scheibe nach. „Sorry", sagte sie. Dann trabte sie los, um das Frisbee zu holen. Da hörte sie hinter sich Geräusche. Sie schaute sich um. Carlos lief ihr nach und setzte gerade zum Spurt an, sie zu überholen. Bettina gab Gas und lief noch schneller. Angestrengt rannten beide auf selber Höhe. Das Frisbee setzte gerade auf der Wasseroberfläche auf, als beide gleichzeitig nach ihm griffen. Sie balgten sich um die Scheibe. Plötzlich stolperte Bettina und kippte ins Wasser. Carlos wollte sie halten, doch die Bewegung riss ihn mit.

Triefend nass und lachend gingen sie den Strand wieder hinauf. Dabei sprachen sie kein Wort. Sie schauten sich nur an, und mehr als einmal berührten sie sich wie zufällig im Gehen.

Schweigend kehrten sie zurück zu den anderen, die sie johlend begrüßten.

Carlos stellte sich dicht hinter Bettina, sodass ihr Rücken fast seinen Bauch berührte. Bettina hatte Angst, er könnte ihr Herz schlagen hören. Carlos war ein wenig größer als Bettina, sodass sie seinen warmen Atem auf der Wange spürte. Jetzt legte Carlos Bettina das Frisbee in die Hand und korrigierte ihre Haltung.

„Folge einfach meinen Bewegungen", sagte er leise. Dann legte er seinen Arm und seine Hand über ihren Arm und ihre Hand. Er führte die Wurfbewegung im Schneckentempo aus, ohne die Scheibe loszulassen.

„So ist's gut", fand Carlos. „Jetzt mach's mal allein. Ganz langsam."

Bettina legte sich das Frisbee in der Hand zurecht und drehte sich ein und wieder aus.

„Super", lobte Carlos. „Jetzt mal schnell. Wir werfen die Scheibe ab, o.k.?"

Als das Frisbee flog, klatschte Bettina vor Begeisterung in die Hände.

„Eiert zwar ein bisschen, aber für den Anfang nicht schlecht." Carlos lachte.

Bettina lernte schnell. Schon nach wenigen Runden warf sie das Frisbee zwanzig Meter weit und traf auch ungefähr das vorher anvisierte Ziel.

Ihr floss der Schweiß den Nacken hinab. Sie war nach einer halben Stunde Spiel völlig aus der Puste. Ihr Arm schmerzte ein wenig. Sie ging zwischen Carlos und Bea in die Hocke und beobachtete das gekonnte Spiel der anderen.

Howard vollführte wilde Extraspäße. Er schaffte es, das anfliegende Frisbee zu stoppen, indem er mit dem ausgestreckten Zeigefinger kräftig darunter stieß. Dann ließ er die Scheibe nach Lust und Laune auf seinem Finger tanzen, bis er sie mit der Hand schnappte und weiterspielte.

Bettina hatte das Gefühl, einer Performance beizuwohnen. Immer wenn einer der Mitspieler etwas besonders Witziges oder etwas Neues zeigte, applaudierten die anderen und riefen ihm Komplimente zu.

Carlos warf und fing unglaublich präzise. Die Frisbeescheibe lag bei ihm genau horizontal in der Luft, die Kreisbewegung, die sie eigentlich vollführte, war nicht mehr zu erkennen. Das kleine weiße Rund flog wie ein Pfeil. Es war die pure Freude, seinen Bewegungen zuzuschauen, fand Bettina. Sie betrachtete seinen kräftigen, braun gebrannten Körper, an dem sich jeder Muskel deutlich abzeichnete. Carlos' Bewegungen waren geschmeidig, aber doch knapp und präzise. Keine unnötige Drehung, kein überflüssiges Nachfedern, nichts Abgehacktes oder Gehetztes lag in ihnen. Bei allem, was er tat, schien er Zeit zu haben. Er war durch und durch lässig.

Bettina konnte gut verstehen, dass ihre Cousine unsterblich in diesen Jungen verliebt war. Er sah nicht nur super aus, er war auch unglaublich charmant.

☀ ☀ ☀

„Hallihallo“, rief Cathy, als sie in der Dämmerung die Tür aufsperrte. „Wie war's?“

„Wie war was?“, sagte ihre Mutter. Sie hatte sich offensichtlich gerade die Fingernägel frisch lackiert, denn während sie ihre Tochter fragend anblickte, blies sie immer wieder über den noch feuchten roten Lack.

„Ist Betty noch nicht da?“, fragte Cathy verwundert. Erschöpft ließ sie die Tüten, die sie in beiden Händen hielt, einfach fallen.

„Ich dachte, ihr wart zusammen am Strand“, sagte ihre Mutter.

„Mir ging es heute Morgen nicht so gut.“

Mary-Ann blickte auf das Tütenmeer zu Cathys Füßen. „Und da fährst du nach Miami rein?“

„Ich habe ein paar Kopfschmerztabletten genommen, dann ging's wieder.“

Mary-Ann zog die Augenbrauen hoch und gab damit ihre Verwunderung zum Ausdruck. In letzter Zeit war es einfach nicht vorgekommen, dass ihre Tochter freiwillig auf eine Unternehmung mit ihrer Clique verzichtet hatte. Kurz nach Neujahr, als Cathy mit Fieber im Bett lag, musste sie ihr einen Ausflug mit den Freunden in die Everglades regelrecht verbieten. Sie hätte sich garantiert eine Lungenentzündung geholt, nur um dabei zu sein.

Mary-Ann hatte ihre Tochter im Verdacht verliebt zu sein. Sie hoffte auf Howard als Schwiegersohn. Ihre beiden Familien waren befreundet, und soviel Mary-Ann wusste, sollte er in die Anwaltskanzlei seines Vaters einsteigen.

„Ist irgendwas mit Howard?"

„Mit Howard?" Cathy runzelte die Stirn. „Wieso?"

Cathy klang gereizt. Mary-Ann zog es deshalb vor, die Unterhaltung hier zu beenden. Sie sah auf die Uhr. „Oh, schon so spät! Hör mal, Liebes, im Kühlschrank stehen Tagliatelle, ich muss noch mal schnell rüber zu Sarah."

Cathy hob die Tüten auf.

„Hast du was Schönes in der Stadt gefunden?", erkundigte sich Mary-Ann auf dem Weg zur Garderobe.

„Mmh", machte Cathy gedankenverloren.

„Du zeigst es mir später, ja? Ich muss jetzt wirklich los." Mary-Ann drückte ihrer Tochter einen Kuss auf die Stirn und zog die Haustür hinter sich zu.

Cathy trug die Taschen in ihr Zimmer und kippte den Inhalt aufs Bett. Stolz betrachtete sie ihre Einkäufe. Bettina wird Augen machen, dachte sie. Cathy hatte in ihrer Lieblingsboutique ein Designerkleid für Bettina erstanden. Dazu hatte sie noch ein blaurotes Seidentuch gekauft. Wenn Cathy sich nicht täuschte, war Bettina mit ihren dunklen Haaren, dem hellen Teint und den eisblauen Augen ein klassischer Wintertyp. Das bedeutete, sie konnte alle kalten, also blaustichigen Farben tragen. Hoffentlich hatte Cathy bei dem Kleid die richtige Größe gewählt.

Einmal hatte Bettina gesagt, dass sie Cathys Parfum mochte. Es war kein besonders teurer Duft, dafür aber außergewöhnlich würzig. Cathy war in Miami noch in eine Parfümerie gegangen und hatte für Bettina eine kleine Flasche besorgt. Die Verkäuferin hatte sie wirklich hübsch verpackt. Hoffentlich kam Bettina nicht zu spät, damit sie ihr noch heute die Geschenke überreichen konnte.

Cathy legte sie auf ihre Kommode. Dann betrachtete sie ihre eigenen Neuerwerbungen. Ein schwarzes Nachthemd aus Seide. Ziemlich sexy, wie sie fand. Eine große goldfarbene Haarspange, die wunderbar zu ihrem blonden Haar passte, sowie ein unverschämt weit ausgeschnittener Bikini. Schnell zog sie sich aus, schlüpfte in die Bikinihose und band sich das Oberteil um. Als Cathy sich im Spiegel betrachtete, zog sie unwillkürlich den Bauch ein. Sie fand sich ein bisschen zu mollig. Alles an ihr war rund. Aber immerhin schwabbelte nichts. Ihr Gewebe war fest. Cathy drehte und wendete sich vor dem Spiegel. Sie probierte Fang- und Wurfhaltungen aus, die sie beim Frisbeespielen einnehmen musste, und überprüfte, ob der Bikini auch nicht verrutschte. Cathy strich über den changierenden Stoff der Hose.

„Na ja", flüsterte sie grinsend. „Aber eigentlich hab ich ja was Besseres mit dir vor, als Frisbee zu spielen." Sie sah auf die Uhr. Zehn nach acht. Und Bettina war immer noch nicht da.

* * *

Bettina sank müde und glücklich auf ihr Bett. „Mann, war das ein Tag!", stöhnte sie. Sie kickte die Turnschuhe von ihren Fersen und schwang die Beine aufs Bett.

„Da bist du ja endlich", rief Cathy. Sie war ohne anzuklopfen ins Zimmer gekommen. „Wo wart ihr denn so lange?"

Bettina setzte sich auf. „Cathy, tut mir Leid", sagte sie. „Die anderen wollten einfach nicht fahren."

„Aber Bea wusste doch auch Bescheid ... Ich meine ... musste das sein?" Cathy sah unglücklich drein. „Warten ist nicht gerade meine Stärke!"

„Tut mir wirklich Leid", sagte Bettina.

Cathy setzte sich zu ihrer Cousine aufs Bett. „Und?"

Diesen Augenblick hatte Bettina gefürchtet. Carlos hatte, abgesehen von der völlig belanglosen Frage, wo Cathy sei, den ganzen Tag nicht mehr nach ihr gefragt. Und dabei hatten sich Bettina und Bea wirklich Mühe gegeben. Immer wieder hatten sie Cathy ins Spiel gebracht, und Bettina hatte Carlos beobachtet, ob sich auf seinem Gesicht bei Cathys Namen nicht irgendeine Regung zeigte.

„Er wollte wissen, wo du bist", sagte Bettina.

Cathy schlug sich mit den Händen auf die nackten Oberschenkel. „Bingo, *darling*."

„Er hofft, dass es nichts Ernstes ist", sagte Bettina.

Cathy grinste. „Wenn der wüsste.“ Sie rückte näher an Bettina heran.

Wenn du wüsstest, dachte Bettina. Wenn sie sich an den schönen Tag mit Carlos erinnerte, hatte sie ihrer Cousine gegenüber ein schlechtes Gewissen.

Das Telefon klingelte. Cathy sprang auf. „Ich geh schnell ran, dann reden wir weiter. Beweg dich nicht von der Stelle.“

Bettina ließ sich auf den Rücken fallen. Wenn Cathy zurückkam, würde sie ihr sagen, dass sie den Plan vergessen sollte. Er funktionierte einfach nicht. Carlos hatte kein bisschen bedrückt gewirkt, oder so, dass man hätte vermuten können, er vermisste sie. Im Gegenteil. Sie alle zusammen hatten einen tollen Tag verbracht, ohne jede Unstimmigkeit. Nach dem Frisbeespiel waren sie lange schwimmen gewesen, hatten sich gegenseitig die Köpfe unter Wasser gedrückt und viel gelacht. Carlos hatte über Howards Handy mit seinem Onkel telefoniert und erfahren, dass er zum Grillen bleiben konnte. Mein Gott, war Carlos erleichtert gewesen. Wie musste er unter Druck stehen, wenn er ständig um ein paar freie Stunden betteln musste. Carlos war vor lauter Glück zu Hochform aufgelaufen. Er hatte das Feuer angezündet und den Grillmeister gespielt.

„Carlos ist heute aber verdammt gut drauf“, hatte Howard zu Bea gesagt, als der noch mehr Holz holen gegangen war.

„Mmh.“ Bea war das offensichtlich auch schon aufgefallen.

Bettina wurde es warm ums Herz, als sie an den

schönen Tag dachte. Carlos war eigentlich immer in ihrer Nähe gewesen. Oder bildete sie sich das ein, weil sie ihn ständig beobachtete, um Cathy alles Wichtige über ihn erzählen zu können? Beas und ihr Blick hatten sich mehr als einmal getroffen. Sie schien ihn auch fest im Auge zu behalten.

Als sie alle um kurz vor acht aufgebrochen waren, hatten sie im Auto wie auf der Hinfahrt gesungen. Doch diesmal war es bei Bettina von Herzen gekommen.

„Rat mal, wer dran ist?" Cathy lachte über das ganze Gesicht.

Bettina verstand nur Bahnhof.

„Carlos!" Cathy drehte sich einmal um sich selbst. „Er wollte von mir persönlich wissen, wie es mir geht. Ob die Kopfschmerzen vorbei sind, ob ich morgen mit zum Strand komme und so weiter und so fort."

Bettina runzelte die Stirn. „Muss er nicht arbeiten?"

Cathy zuckte mit den Schultern. „Keine Ahnung. Ist doch jetzt unwichtig." Als sie Bettinas skeptischen Gesichtsausdruck bemerkte, stemmte sie die Hände in die Hüften. „Was ist? Glaubst du mir nicht, dass er dran ist?"

Bettina schüttelte den Kopf und lachte. „Unsinn. Warum sollte ich dir nicht glauben. Es ist nur ..."

Cathy nahm Bettinas Hand und zog sie hoch. „Dann überzeug dich selbst."

„Was?"

Cathy schob Bettina lachend zur Tür. „Carlos!" Sie zeigte aufs Telefon, das im Flur an der Wand hing.

„Er ist noch dran. Er wollte dich noch irgendwas fragen."

Bettina griff zum Hörer und drückte ihn ans Ohr.

„Hallo?"

„Bist du gut nach Hause gekommen?", wollte Carlos wissen.

Bettina lachte. „Ja, klar." Das musste Carlos doch wissen. Schließlich hatte er mit im Auto gesessen, als sie ausgestiegen war, und ihr noch gewunken, als sie die Tür aufgeschlossen hatte.

Am anderen Ende war Stille.

„Was wolltest du mich denn fragen?", erkundigte sich Bettina.

„Ich wollte dir nur eine gute Nacht wünschen."

Bettinas Herz begann zu rasen. „Ja, mmh ... danke!", sagte sie.

Carlos' Stimme wurde leiser. „Also dann. Schlaf gut. Und hoffentlich bis morgen."

Es knackte in der Leitung. Bettina hielt den Hörer weiter ans Ohr gedrückt. Carlos' Worte hallten in der Stille nach, aber sie konnte ihre Bedeutung nicht begreifen. Als sie sich endlich umdrehte, um in ihr Zimmer zu gehen, lehnte Cathy noch immer im Türrahmen.

„Was wollte er denn?", fragte sie.

Bettina wusste es wirklich nicht. „Offenbar war es nicht so wichtig."

Cathy lachte amüsiert. „Verrückter Kerl."

Bettina war es gar nicht nach Lachen zu Mute. Sie hatte heute den Tag über mehr als einmal das Gefühl gehabt, dass Carlos Cathy nicht nur nicht vermisste, sondern fast froh über ihre Abwesenheit war. Er war so locker gewesen, so unbeschwert. Ganz anders als beim letzten Treffen. Und er hatte sich rührend um Bettina gekümmert. Sie beide hatte den ganzen Abend über dicht am Feuer gesessen und über Gott und die Welt gesprochen. Sie hatte sich so wohl gefühlt wie schon lange nicht mehr. Carlos war ihr so vertraut gewesen. Was er sagte, wie er es sagte und wie er sie dabei anschaute. Es kam ihr vor, als würde sie den Jungen neben sich schon immer kennen.

Carlos war so sehr um sie bemüht gewesen, dass die anderen schon feixten.

„He, Carlos, wenn du mal keinen Bock mehr auf die Firma von deinem Onkel hast, kannst du auch auf Fremdenführer machen", hatte John gesagt.

Es war ein echt toller Tag gewesen. Nur eine Szene ging Bettina nicht aus dem Kopf. Plötzlich und unvermittelt hatte Howard Carlos auf die Schulter geschlagen und gesagt: „Guck dir unseren Carlos an." Howard zeigte auf Carlos wie auf ein neues Automodell. „Er ist ein wahrer Aufsteiger. Ein *hero*. Er hat geschafft, wovon viele nur träumen."

Carlos nahm Howards Hand freundlich, aber bestimmt von seiner Schulter.

„Er kommt aus einer der ärmsten Regionen der Welt, wird von seinem Onkel ins Land der unbegrenzten Möglichkeiten geholt, sieht seine Chance, ergreift sie und ist ein gemachter Mann."

Bettina war irritiert. Was sollte das? Es war ihr so vorgekommen, als duckte sich Carlos unter Howards Redeschwall.

Bea lachte verlegen und sagte: „Lass gut sein, Howard."

Howard hatte Bettina angeschaut. „Stimmt doch, oder?“

Bettina hatte nicht geantwortet. Howard hatte zwar mit allem, was er gesagt hatte, Recht. Aber in seinem Ton lag eindeutig Geringschätzung. Hielt er sich etwa für etwas Besseres, weil er ein so stinkreicher Amerikaner war? Howard hatte Carlos auf seine Art zu verstehen gegeben, dass er ein Fremder war.

☀ ☀ ☀

„Warte mal“, sagte Cathy. „Ich komme gleich wieder.“

Bettina ging zurück in ihr Zimmer. Sie war auf einmal sehr müde. Alles war so verwirrend. Warum hatte Carlos angerufen? Wenn er wissen wollte, wie es Cathy ging, warum war er dann eben nicht noch kurz mit reingekommen? Hatte er Bettina etwas damit sagen wollen? Und warum musste sie ständig an ihn denken? War sie dabei zu vergessen, dass Cathy in Carlos verliebt war?

Das Rascheln von Tüten riss Bettina aus ihren Gedanken.

„*Et voilà*!“, sagte Cathy. Sie hielt sich ein langes Leinenkleid vor den Körper und schaute Bettina erwartungsvoll an. Dazu hatte sie den farbenprächtigen Schal über die Schulter gelegt.

„Stark!“, fand Bettina.

Cathy drückte ihr Kleid und Schal in die Arme. „Für dich, *darling*. Weil dein Plan so gut klappt.“

„Für mich?“

„Guck mich nicht so entgeistert an“, bat Cathy. „Zieh es an.“

Bettina trug gewöhnlich keine bodenlangen Kleider. Sie hielt sich selbst für einen sportlichen Typ und schaute in Geschäften immer nur nach Hosen und T-Shirts. Abgesehen davon hätte sie für so ein Kleid überhaupt kein Geld gehabt. Als sie jetzt vor den großen Spiegel des Kleiderschranks trat, erkannte sie sich kaum wieder. Wie elegant sie aussah!

„Wow“, machte Cathy.

Bettina war gerührt. Sie umarmte ihre Cousine. „Danke, Cathy. Es muss ein Vermögen gekostet haben.“

„Na und?“, sagte Cathy leichthin. „Gefällt es dir oder nicht?“

„Natürlich gefällt es mir. Das Kleid ist fantastisch. So eins hatte ich noch nie. Es ist so ... so edel.“

Cathy freute sich, dass ihr die Überraschung gelungen war. Als sich ihre Blicke im Spiegel kreuzten, sagte Cathy: „Wirst sehen, Mädchen, für dich finden wir auch noch einen reichen Typen. Dann läufst du nur noch so herum.“

Bettina lachte, weil sie fühlte, dass Cathy das erwartete.

„Wie wär's mit Howard?“, fuhr Cathy scherzhaft fort.

Bettina zog die Augenbrauen hoch. „Ich glaube, der mag wohl eher *dich*“, sagte sie.

„Ach.“ Cathy machte eine wegwerfende Handbewegung. „Die Sache ist längst vorbei. Wir haben auf einer Party mal wild herumgeknutscht, und dann dachte Howard, wir wären zusammen. Ich nehme an, seine Eltern haben ihn auf mich angesetzt, so wie meine mich auf ihn."

„Was heißt denn ‚angesetzt'?", fragte Bettina.

„Na ja, sie denken eben, wir zwei wären so etwas wie ein Traumpaar. Es hat ewig gedauert, bis ich Howard klargemacht hatte, dass ich nichts weiter von ihm will."

Bettina zog das Kleid wieder aus.

„Er ist nicht gerade eine Schönheit, findest du nicht?", fragte Cathy.

„Howard?"

Cathy nickte. Dann beantwortete sie ihre Frage selbst. „Er ist so massig, wenn du weißt, was ich meine."

Bettina schlüpfte in ihren Pyjama und kroch ins Bett. Sie hoffte, Cathy würde den Wink mit dem Zaunpfahl verstehen.

„Weißt du, meinen Eltern ist immer nur die soziale Herkunft wichtig. Ich finde das bescheuert."

Endlich konnte Bettina ihrer Cousine mal beipflichten. Sie zog sich die Decke über die Schultern und nickte.

„Mindestens genauso wichtig ist doch, wie man aussieht", fand Cathy. „Kennst du zum Beispiel dieses Modell aus Ghana? Sie kommt aus einer ganz fürchterlich armen Nomadenfamilie. Und heute? Steinreich und berühmt. Weil sie so gut aussieht!"

Bettina war jetzt wirklich müde. Sie konnte Cathy fast nicht mehr folgen. Sie gähnte.

Endlich wandte sich Cathy zum Gehen.

„Ach, bevor ich es vergesse ...", sagte sie und stellte einen kleinen Flakon auf den Nachttisch. „Schlaf gut.“ Dann verschwand sie leise.

Bettina atmete auf. In ihrem Kopf drehte sich alles. Alles war neu. Die Umgebung, die Menschen, mit denen sie zu tun hatte, und vor allem die Sprache. Bettina war gut in Englisch. Aber es war doch ein himmelweiter Unterschied, ob man sich mal eine Schulstunde lang oder seit Tagen ununterbrochen in einer fremden Sprache ausdrücken musste.

Mit einiger Anstrengung nahm Bettina die kleine Flasche vom Nachttisch, öffnete den Verschluss und roch daran. Es war Cathys Parfum, eindeutig. Bettina sprühte sich einen Hauch auf den Handrücken und roch wieder. Sie war nicht sicher, ob ihr der Geruch immer noch gefiel.

„Ich weiß nicht“, sagte Bettina. „Komm lieber mit.“

„Ich habe doch noch gar nichts erreicht“, beharrte Cathy. Mit gesenkter Stimme fügte sie hinzu: „Und ich fühle mich so nah am Ziel.“

„Trotzdem“, sagte Bettina missmutig. Seit Tagen bestand Cathy darauf, allein zu Hause zu bleiben, während Bettina mit den anderen schöne Dinge unternahm. Gestern waren sie im Nationalpark gewesen, und Bettina hatte richtige Alligatoren gesehen. Und immer war Carlos mit dabei.

„Dann bleibe ich heute auch hier“, sagte Bettina trotzig. „Schließlich wollte ich dich besuchen.“

„Komm, Cousinchen, lass mich jetzt nicht hängen.“ Cathy wurde richtig dramatisch. „Heute wird es passieren. Ich habe es im Gefühl! Du sollst ihm nur diese fünf Wörter sagen: *Cathy is waiting for you.* Ich bin sicher, er wird kommen, und dann ist die Sache geritzt.“

Und wenn nicht?, dachte Bettina. „Na gut“, sagte sie.

Cathy lachte. Sie stieß Bettina mit dem Ellbogen leicht an. „Jetzt tu nicht so gequält, das Ganze war schließlich mal deine Idee.“

Ja, leider, dachte Bettina. Sie hatte ein verdammt ungutes Gefühl bei der Sache.

* * *

„Wo ist Howard?“, fragte Bettina, als sie zu Bea und John in den Wagen stieg.

„Training“, sagte John.

„Am Sonntag?“

„Er trainiert für sich allein. Das macht er manchmal.“

Bea drehte sich zu Bettina nach hinten. „Und die arme Cathy hat schon wieder Migräne?“ Sie zwinkerte Bettina zu.

„Ja“, log Bettina verabredungsgemäß, damit John keinen Verdacht schöpfte. Cathy war der Meinung, dass Jungs voreinander keine Geheimnisse haben konnten, wenn es um Frauen ging.

* * *

Bettina erkannte die Silhouette von weitem. Wie so oft schon, saß Carlos mit dem Rücken zu ihnen und schaute aufs Meer. Er bewegte sich nicht. Keinen Millimeter. Bettina hatte plötzlich Lust, sich einfach neben Carlos zu setzen. Sie hatte keine Lust zu reden, vor allem hatte sie keine Lust diesen bescheuerten Satz zu sagen: *Cathy is waiting for you.* Mit diesem Satz würde sie verraten, dass sie mit Cathy über ihn gesprochen hatte. Dass sie wusste, dass Cathy in ihn verliebt war, und dass sie es für wahrscheinlich hielt, dass auch er in sie verliebt war. Doch das tat sie gar nicht. Nicht nach den Erlebnissen der letzten Tage, durch die sie sich verdammt nah gekommen waren.

John und Bea hatten schon die Decke ausgebreitet. Einander zugewandt lagen sie auf der Seite und kicherten. Verliebte sind die größten Egoisten, dachte Bettina. Das hatte sie mal irgendwo gelesen.

Langsam ging Bettina auf Carlos zu. Als sie bis auf ungefähr fünf Meter an ihn herangekommen war, hielt sie inne. Sie betrachtete Carlos, wie er reglos dasaß.

„Was denkst du?“, hörte sie sich plötzlich fragen.

Carlos drehte sich langsam um. „Hallo, Betty. Wie geht's?“

Bettina sah Carlos fragend an. Wie verschlossen er wirken konnte.

„Ich denke an meine Arbeit.“

„Denkst du nie an etwas anderes?“, fragte Bettina. Sie setzte sich neben Carlos in den Sand.

Carlos sah Bettina an. Sein Blick fesselte sie. Sie konnte nicht wegschauen. Dann sagte er: „Doch.“

Bettina spürte den zweideutigen Unterton in Carlos' Antwort. Sie ließ sich nichts anmerken. „Was hast du eigentlich davon, dass du so viel arbeitest?“, sagte Bettina.

„Freiheit.“

„Das nennst du Freiheit?“ Bettina war ehrlich erstaunt. Carlos durfte ja noch nicht einmal angerufen werden. Sie fand, dass er eher in Gefangenschaft als in Freiheit lebte.

„Ich habe immerhin die Freiheit zu wählen, ob ich es weitermachen möchte oder nicht. Dort, wo ich herkomme, gibt es keine Wahl. Da kämpfen wir ums nackte Überleben.“

„Hast du Geschwister?“, fragte Bettina.

Carlos’ Augen lachten. „Sieben.“

„Sieben?“

„Fünf Schwestern und zwei Brüder. Ich bin der Älteste. Deshalb hat mein Onkel mich hierher geholt. Die anderen sind in Kuba.“

„Vermisst du sie?“

Carlos zuckte mit den Schultern. „Weiß nicht.“

Bettina fand die Antwort komisch.

„Ich habe auch zwei Brüder“, erzählte sie. „Thomas ist siebzehn und Benni drei. Er ist unser *baby*. Die beiden können ganz schön nerven. Aber ich vermisse sie jetzt schon.“

Carlos sah Bettina an. „Dann weißt du ja, was Brüderlichkeit heißt.“

Bettina überlegte. Was meinte Carlos damit?

„Schau“, sagte er. „Die anderen, John, Bea, Cathy, Howard. Sie sind alle Einzelkinder. Sie haben Freunde, aber sie haben keine Brüder oder Schwestern. Sie werden nie erfahren, wie man für Geschwister empfindet. Wenn sie jemanden lieben oder hassen, können sie das Gefühl nicht vergleichen. Sie sind anders als wir.“

Bettina hatte die ganze Zeit über nicht an Cathy gedacht. Jetzt erinnerte sie sich an das, was gesagt werden musste. Ihre Cousine saß bestimmt schon auf heißen Kohlen. Sie wartete auf Carlos.

„Bist du mit dem Firmenwagen da?“, fragte Bettina. Sie meinte sich daran erinnern zu können, dass Carlos mal einen solchen Firmenwagen erwähnt hatte.

„Heute nicht“, sagte Carlos knapp.

Dann wurde es erst recht höchste Zeit. Jetzt oder nie, dachte Bettina. „Hör mal ...“, setzte sie an.

„Gehen wir ein Stück?“, fragte Carlos.

Bettina nickte erleichtert. Im Gehen war es vielleicht leichter. Sie sah zu John und Bea hoch. Sie lagen immer noch auf der Decke, diesmal eng umschlungen.

„Die brauchen uns nicht“, sagte Carlos, der Bettinas Blick gefolgt war.

Bettina lachte verlegen. Mit plötzlicher Wucht fühlte sie das Offensichtliche: Sie war mit Carlos allein. Ihr Herz begann zu rasen. Warum war sie plötzlich so aufgeregt? Weil sie Carlos jetzt zu Cathy schicken musste? Weil Carlos sie für eine blöde Kupplerin halten würde? Oder wollte sie ganz einfach nicht, dass Carlos fortging?

„Entspann dich“, sagte Carlos. Er strich Bettina sanft über den nackten Oberarm. Bettina bekam eine Gänsehaut und fröstelte. Warum merkte Carlos immer gleich alles. Sie fühlte sich so stark zu ihm hingezogen, aber sie vergaß keinen Augenblick, dass sie ihre Gefühle Cathy zuliebe kontrollieren musste.

„Was hast du?“ Carlos sah ehrlich besorgt aus.

„Ach nichts“, sagte Bettina. Sie kam sich langsam albern vor. Was machte sie eigentlich für eine Riesengeschichte daraus? Cathy war in diesen Jungen verliebt und zwar schon eine halbe Ewigkeit. Wahrscheinlich war auch Carlos in Cathy verliebt. Nur sie dachte, er würde sie, Bettina, mögen. In Wahrheit war Carlos höflich und nichts weiter. Bettina konnte Cathy dabei helfen, mit Carlos zusammenzukommen. Sie musste nur diesen blöden Satz endlich sagen.

Bettina atmete tief ein und wieder aus. Dann bückte sie sich kurz, nahm eine Hand voll Sand und ließ ihn langsam durch die Finger rieseln. Wenn das letzte Sandkorn zu Boden gefallen ist, werde ich es sagen, dachte sie.

Bettina rieb die Handflächen gegeneinander.

„Hör mal“, sagte sie leise.

Carlos blieb stehen. Er sah sie direkt an. „Ja?“

„Ich muss dir etwas sagen ...“

„Ja?“

„Es ist ...“, Bettina stotterte fast, „... es ist so, dass, ... also, ich meine ...“ Ein letztes Mal holte Bettina noch Luft, dann stieß sie hervor: „*Cathy is waiting for you!*“

Bettina schaute zu Boden.

Carlos räusperte sich. „*That means?*“

Bettina zuckte mit den Schultern.

„Soll ich gehen?“, fragte Carlos.

Bettina wusste nicht, was Carlos mit der Frage erreichen wollte. Hatte er sie nicht richtig verstanden? Sie dachte an Cathy und wie schwer es ihr gefallen war, auf ihren Vorschlag, sich rar zu machen, einzugehen. Sie musste Carlos jetzt fortschicken, auch wenn sie dabei eine komische Vorahnung hatte.

„Ja“, sagte sie deshalb kurz und entschlossen. „Du sollst zu Cathy gehen.“

Ohne ein weiteres Wort machte Carlos auf dem Absatz kehrt und verschwand über die Düne. Er ließ Bettina einfach stehen.

Bettina ging langsam zu John und Bea zurück. Bea kam ihr auf halbem Weg entgegen.

„Hat es geklappt?“, fragte sie aufgeregt.

Bettina nickte.

„Ist was?“

„Ich weiß nicht“, sagte Bettina. „Hab kein gutes Gefühl.“

„Cathy ist so verliebt in Carlos, sie sieht nichts anderes mehr“, sagte Bea. „Ich habe auch schon versucht, ihr die Sache auszureden.“

Bettina schaute Bea freudig an. „Dann denkst du auch, dass Carlos ...“ Bettina brach ab.

Bea wusste, was sie meinte. „Keine Ahnung, ob Carlos in Cathy verliebt ist oder nicht. Auf jeden Fall stimmt irgendwas nicht mit ihm. Cathy sollte besser die Finger von ihm lassen.“

„Mmh.“

„Und du auch“, sagte Bea. „Er kommt und geht, wie es ihm passt. Er gehört nicht wirklich zu uns“, erklärte Bea. „Und ich glaube, er will es auch gar nicht.“

Bettina erschrak.

„Hör mal, ich mach das alles nur für Cathy“, sagte sie schnell. „Normalerweise ...“

„... würdest du dich gar nicht mit ihm abgeben, weil er dir völlig schnuppe ist.“ Bea lachte. Dann hob sie warnend den Zeigefinger und sagte freundlich: „Pass bloß auf. Cathy kann verdammt wütend werden.“

Langsam gingen die beiden Mädchen zu John zurück, der inzwischen alles zusammengepackt hatte.

„Wollt ihr schon aufbrechen?“, fragte Bettina.

Bea und John schmiegten sich aneinander. „Wir gehen heute zusammen ins Kino. Sollen wir dich zu Hause absetzen?“

Bettina war nicht sicher, ob die Idee gut war. Bestimmt war Carlos bei Cathy, und da würde sie doch nur stören.

„Fährt auch ein Bus nach Palm Beach?“

„Keine Ahnung. Wir fahren nie mit dem Bus.“ Bea und John zuckten mit den Schultern. „Da vorne ist auf jeden Fall eine Bushaltestelle.“

Bettina beschloss, noch eine Weile am Strand zu bleiben. Irgendwie würde sie schon nach Hause kommen.

John machte ein Riesentheater. Er zählte die Gefahren auf, die auf sie lauerten, meinte, sie könnte ausgeraubt werden, wenn sie allein hier bliebe. Aber Bettina amüsierte das nur. Um sie herum war nur Natur, keine Menschenseele. Was sollte ihr hier passieren? Sie kam aus einer Großstadt und war schon oft nachts allein mit der Straßenbahn nach Hause gefahren.

„Wir sehen uns übermorgen zum Barbecue bei mir“, rief Bea. „Carlos weiß auch Bescheid.“ Sie winkte ihr zu.

Bettina legte sich auf ihr Handtuch und schaute in den fast wolkenlosen Himmel. Beas Worte hatten sie nachhaltig erschreckt. Aber das Mädchen hatte ja Recht. Sie war auf dem besten Weg sich Hals über Kopf in Carlos zu verlieben. Hoffentlich erzählte Bea Cathy nichts von ihren Beobachtungen.

Ab jetzt würde Cathy hoffentlich wieder mitkommen, allein durfte Bettina sich jedenfalls nicht mehr mit der Clique treffen. Sie musste Carlos aus dem Weg gehen, wenn sie ihrer Cousine die Tour nicht gründlich vermasseln wollte.

Was Cathy und Carlos jetzt wohl machten?, überlegte sie. Ob sie sich endlich aussprachen? Bettina fand, es war an der Zeit. So konnte es ja schließlich nicht weitergehen. Bettina ärgerte sich dermaßen über ihren blöden Vorschlag, Cathy solle sich rar machen. Sie hoffte wirklich, dass Carlos' Besuch bei Cathy eine Lösung bringen würde und alle zusammen wieder schöne Tage am Strand verbringen konnten.

Bettina rollte sich zur Seite und schloss die Augen. Sie genoss die milde Brise auf der Haut.

Sie musste eingeschlafen sein, denn als sie die Augen wieder öffnete, war es merklich kühler geworden. Etwas benommen vom Schlaf in der Sonne, kramte sie ihre Armbanduhr aus dem Rucksack. Viertel vor sechs. Schnell packte sie ihre Sachen zusammen. Cathy würde sich bestimmt schon Sorgen machen, wenn sie nicht bald nach Hause käme.

Cathy saß in einem flauschigen Sweater am Pool und las in der amerikanischen *Vogue*. Als Bettina neben sie trat, klappte sie die Zeitschrift zu und sprang auf.

„Warum hast du es ihm nicht gesagt?" Cathy war wütend.

„Ich habe es ihm doch gesagt", entgegnete Bettina.

„Ach“, machte Cathy schnippisch. „Und warum ist er dann nicht gekommen?“

Bettina zuckte mit den Schultern.

„Wo warst du überhaupt so lange?“

„Am Strand“, sagte Bettina.

„Alleine!“ In Cathys Worten schwang Unglaube mit.

„Ja. – Woher weißt du das?“

Cathy nahm ihre Cola vom Tisch und trank. „Ich habe mit Bea telefoniert. Sie war mit John im Kino und ist dann nach Hause gefahren. Sie hat mir gesagt, dass du nicht mitfahren wolltest. Du wärst lieber allein am Strand geblieben und wolltest mit dem Bus nach Hause fahren.“

Bettina nickte. „Stimmt.“

„Und Carlos?“

Bettina verlor allmählich die Geduld. „Was weiß denn ich? Ich habe ihm gesagt, dass du auf ihn wartest. Er ist sofort aufgebrochen.“

„Und nicht zurückgekommen?“

Bettina setzte sich auf einen Liegestuhl.

„Was soll das, Cathy? Was wird hier gespielt?“

Cathy stellte ihr Glas eine Spur zu laut auf den Tisch zurück. Sie konnte ihren Unmut nur mit Mühe unterdrücken. „Das fragt ja gerade die Richtige.“

Bettina wollte aufstehen und auf ihr Zimmer gehen. Aber Cathy hielt sie am Arm zurück. „Bea und John haben gesehen, wie Carlos über den Parkplatz zurück zum Strand lief, als sie wegfuhren.“

Bettina konnte nur ungläubig den Kopf schütteln. „Und?“

„Das frage ich dich, Bettina. Was habt ihr so lange am Strand gemacht?"

„Wer? Carlos und ich?"

Cathy nickte herausfordernd.

Bettina schüttelte hilflos den Kopf. „Cathy, ich schwöre dir ..."

Bettina wusste, dass jede Erklärung zwecklos war. Trotzdem sagte sie: „Ich habe niemanden gesehen. Ich bin eingeschlafen und nach dem Aufwachen nach Hause gekommen. Es hat so lange gedauert, weil der Bus einen irren Umweg macht."

„Du bist wirklich mit dem Bus gefahren? Bist du wahnsinnig? Weißt du, wie gefährlich das ist? Du kannst von Glück reden, dass sie dich nicht ausgeraubt und in den Straßengraben geworfen haben."

Bettina musste lachen. „Hör mal, ich fahre zu Hause nur mit dem Bus."

„Zu Hause", höhnte Cathy. „Du bist hier nicht in Köln." Cathy schüttelte ungläubig den Kopf. „Carlos hätte dich nie und nimmer mit dem Bus fahren lassen dürfen."

„Carlos war nicht am Strand", sagte Bettina langsam. „Jedenfalls habe ich ihn nicht gesehen."

Wieder lachte Cathy höhnisch. Da hob Bettina ihren Rucksack vom Boden auf und ging durch die Verandatür in ihr Zimmer.

„Das hast du ja toll eingefädelt", rief Cathy ihr hinterher. Ihre Stimme hatte einen seltsam schrillen Unterton.

Bettina wachte nach einem tiefen traumlosen Schlaf auf. Sie fühlte sich gerädert. Ihr erster Gedanke galt Cathy. Wie sollte jetzt alles weitergehen? Sollte sie abreisen? Mary-Ann und Phil wussten offenbar nichts von dem Streit zwischen ihnen. Gestern Abend jedenfalls hatten sie alle zusammen zu Abend gegessen, als wäre rein gar nichts vorgefallen. Diese Scheinheiligkeit! Cathy hatte sich wirklich gut im Griff. Bettina wusste nicht, wie lange sie das durchstehen konnte.

Unter der Dusche wanderten Bettinas Gedanken zu Carlos. Stimmte es, dass er zum Strand zurückgekommen war, nachdem John und Bea gefahren waren? Oder hatte Bea sich vielleicht getäuscht. Vielleicht erzählte Bea auch absichtlich so einen Unsinn, damit Cathy endlich zur Vernunft käme. Bettina seufzte.

Fest stand auf jeden Fall, dass Carlos nicht zu Cathy gefahren war. Und das war doch das Entscheidende. Aber Cathy konnte und wollte das nicht glauben. Sie war es gewohnt, dass alles nach ihren Vorstellungen lief und dass sie alles bekam, was sie haben wollte. Um es sich halbwegs plausibel zu machen, unterstellte sie Bettina den wildesten Unsinn. Als hätte die von Anfang an nur eins im Sinn gehabt: Cathy Carlos auszuspannen.

Cathy musste rasend sein vor Eifersucht. Wenn Bettina ihrer Cousine nur erklären könnte, wie unbegründet das war. Niemals würde sie ihr dazwischenfunken, und wenn es ihr noch so schwer fiel.

Bettina trat aus der Duschkabine und trocknete sich mit einem der XXL-Badetücher ab. Sie betrachtete ihr tropfnasses Gesicht im Spiegel. In was war sie da nur hineingeschlittert?

Wenn sie an Carlos dachte, wurde sie von einer großen Zärtlichkeit erfüllt. Carlos war stark, in jeder Hinsicht. Sein Körper, sein Wille, seine Gedanken. So schien es Bettina jedenfalls. Was er sagte, war überlegt und klug. Und doch war da etwas, das ihn schwach und verletzlich machte.

Er trug ein Geheimnis in sich. Etwas, von dem niemand etwas wusste und niemand erfahren sollte. Dieses Geheimnis machte ihn angreifbar.

Hatte Howard nicht so etwas angedeutet? „Ich weiß nur, was Carlos über seinen Onkel erzählt", hatte er gesagt. Was hatte er damit sagen wollen? Dass er ihm nicht glaubte?

Bettina spürte, dass Howard falsch lag. Carlos' Geheimnis war ein anderes. Eins, das ihn stark und verletzlich zugleich machte.

Bettina dachte an ihr Frisbeespiel und spürte wieder die körperliche Nähe zu Carlos. Sie trug seinen Geruch noch in der Nase und spürte fast das Kitzeln seines Atems im Gesicht. Ihr Herz begann zu klopfen.

Doch plötzlich erschrak sie. Ihr wurde das erst jetzt klar. Was, wenn Bea, John und Howard ihre Gefühle schon früher erraten hatten? War es nicht für alle längst offensichtlich, dass sie Carlos' Nähe suchte? Bea musste doch beobachtet haben, wie abweisend Carlos sich Cathy gegenüber benahm. Und wie freundlich im Vergleich dazu er ihr gegenüber war. Logisch, dass Bea und John und Howard es für möglich hielten, dass Bettina und Carlos heimlich etwas miteinander anfingen. Verdammt! Aber es stimmte nicht.

Und Howard. Er war wahrscheinlich deshalb so wütend auf Carlos, weil er sah, wie stark sich Cathy um Carlos bemühte. Er wäre wahrscheinlich nur zu gern an Carlos' Stelle. Er würde Cathys Liebe erwidern und nicht abschmettern.

Bettina zog sich an. Sie würde versuchen mit Cathy zu reden. Am besten gleich beim Frühstück.

Auf dem Küchentisch stand wie immer eine große Karaffe frisch gepresster Orangensaft und eine Obstschale mit Kiwis, Ananas, Bananen und Mangos. Im Schrank fand Bettina die Müslidose. Als sie den Kühlschrank öffnen wollte, um die Milch herauszuholen, bemerkte sie einen Zettel, der mit einem Magneten vorne an der Tür befestigt war.

Liebe Betty,
sind spätestens mittags zurück.
Cathy

Bettina setzte sich. Wahrscheinlich erzählte Cathy ihrer Mutter gerade die ganze Story. Mary-Ann würde sich fürchterlich aufregen und das vollste Verständnis für ihre „betrogene“ Tochter haben.

Bettina schnappte sich eine Banane und ging hinaus. Sie wollte laufen. Nur raus hier.

Ziellos streifte sie durch die Straßen. Einmal wäre sie fast über einen kleinen Pekinesen gestolpert, der von seinem Frauchen an langer Leine spazieren geführt wurde.

„Sorry“, entschuldigte sie sich und blickte auf.

Wo war sie eigentlich? Suchend schaute sie sich um. Da, ein Straßenschild. „St.-Elms-Street“, las Bettina laut.

War sie hier nicht schon einmal gewesen? Der Name kam ihr so bekannt vor. Oder wohnte Bea hier? Nein, jetzt erinnerte sie sich. Cathy hatte ihr am Strand erzählt, dass Carlos in der St.-Elms-Street wohnte. „In so einem rosa Prachtbau“, hatte sie erklärt.

Bettina bog in die Straße ein. Carlos war jetzt wohl nicht zu Hause. Er musste arbeiten, hatte er gestern gesagt. Sie konnte also unbehelligt an dem Haus vorbeigehen. Bettina musste die Straße fast bis zu ihrem Ende durchgehen, bis sie vor einer rosafarbenen Villa stand. Sie war mit Türmchen und Zinnen verziert und wirkte auf Bettina wie ein geputztes Märchenschloss. Sie wanderte mit den Augen die Fassade entlang. Welches war wohl Carlos' Zimmer?

Auf dem großen Briefkasten, in den bequem Pakete, Zeitungen und sämtliche andere Post passten, stand in großen goldenen Lettern „Hernandez“. Erst jetzt fiel Bettina auf, dass sie Carlos' Nachnamen gar nicht kannte. Sie hatte nie danach gefragt.

Hoffentlich sieht mich hier keiner von den anderen, dachte Bettina gerade, als die große Haustür aufging. Ein dunkelhäutiges Mädchen in weißer Schürze trat heraus und rief: „Was suchen Sie hier?“

Bettina rief zurück: „Nichts.“ Schnell wandte sie sich zum Gehen.

„Warten Sie!“, rief das Mädchen ihr nach.

Bettina blieb stehen. Das Mädchen musterte sie. In ihren Turnschuhen und den ausgewaschenen

Jeans machte Bettina wahrscheinlich keinen besonders seriösen Eindruck in dieser Gegend.

„Was wollten Sie?" Das Mädchen hatte Bettina offenbar von drinnen beobachtet und bemerkt, wie sie das Haus betrachtete. In dieser Gegend schien das etwas sehr Beunruhigendes zu sein. Was sollte Bettina antworten? Dass sie sich für Architektur interessierte? Um sich Ärger zu ersparen, beschloss Bettina, die Wahrheit zu sagen.

„Ich suche Carlos", sagte sie in ihrem besten Englisch.

Das Mädchen zog die Augenbrauen hoch. „Carlos?"

„Ja, den Neffen von Mr. Hernandez."

Das Mädchen stemmte die Hände in die Hüften und setzte einen gespielt bedauernden Gesichtsausdruck auf. „Mr. Hernandez hat keinen Neffen und schon gar keinen, der Carlos heißt."

Bettina schaute sich um. Gab es vielleicht noch ein anderes rosafarbenes Haus hier? Sie war doch die Straße fast ganz entlanggelaufen. Hinter diesem hier kamen nur noch zwei in Weiß gehaltene moderne Bauten.

„Er arbeitet in der Computerfirma seines Onkels." Bettina hoffte, das alles würde sich als ein großes Missverständnis erweisen.

„Computerfirma!", höhnte das Mädchen. „Gehen Sie jetzt und lassen Sie sich hier nicht wieder blicken", schnaubte sie. Dann eilte sie zurück zum Haus und ließ Bettina einfach draußen stehen.

Bettina machte auf dem Absatz kehrt. Bloß weg hier! Sie ging schnell zur Hauptstraße zurück. Mr.

Hernandez hat keinen Neffen!, hämmerte es in Bettinas Kopf. Hatte das Mädchen sie vielleicht nicht richtig verstanden?

Bettina ging runter zum Hafen. Hatte Carlos etwa gelogen? Wohnte er nicht dort und arbeitete gar nicht bei „seinem Onkel"? Wer war er dann und wo kam er her?

Bettina hatte das Gefühl, in einen Strudel geraten zu sein, der sie in die Tiefe zog. Je mehr sie sich darum bemühte, einen klaren Gedanken zu fassen, desto undurchsichtiger wurde die Geschichte für sie. Erschöpft sank sie auf eine Bank. Sie hatte ein flaues Gefühl im Magen.

„Betty", hörte sie eine bekannte Stimme rufen.

Sie drehte sich um. Howard winkte ihr aus seinem Jeep zu. „Kann ich dich irgendwohin mitnehmen?"

Bettina stand auf.

„Was treibst du hier?", erkundigte sich Howard, als Bettina an seinen Wagen trat.

„Ich gehe spazieren", antwortete Bettina. „Und du?"

„Ich bin auf dem Weg nach Hause. Ist dir nicht gut?"

„Doch, doch", log Bettina.

Howard beugte sich zur Beifahrertür hinüber und öffnete sie. Bettina stieg ein. Sie hoffte, Howard würde gleich losfahren und die Musik wieder so laut stellen, dass sie sich nicht mit ihm unterhalten konnte. Doch Howard legte die Hände in den Schoß und schaute sie aufmerksam an.

„Was ist los?", fragte er.

Bettina kämpfte mit den Tränen. Der Streit mit

Cathy ging ihr sehr nah, ihre Erkenntnis, tatsächlich in Carlos verliebt zu sein, quälte und beglückte sie zugleich, und jetzt auch noch das: Carlos war gar nicht Carlos, sondern irgendwer anderes, völlig Unbekanntes. Und keiner wusste es. Außer ihr. Bettina wünschte sich sehnlichst, zu Hause zu sein und alles ihrem Bruder erzählen zu können. Er hätte bestimmt eine plausible Erklärung dafür, wie immer.

„Ist es wegen Cathy?", fragte Howard vorsichtig.

Jetzt konnte Bettina sich nicht mehr beherrschen. Die Tränen liefen ihr übers Gesicht, und sie nickte nur. Howard kramte ein Papiertaschentuch aus dem Handschuhfach und reichte es ihr.

„Danke", sagte Bettina mit tränenerstickter Stimme.

„Nimm das nicht so ernst", sagte Howard. „Cathy beruhigt sich wieder. Sie kann sehr ungerecht und aufbrausend sein."

Bettina sah Howard fragend an.

„Sie hat mich gestern angerufen und mir alles erzählt."

„Was hat sie gesagt?", wollte Bettina wissen.

„Sie meint, du hättest dich gleich in Carlos verliebt und es auf ihn abgesehen. Der Plan, dass Cathy zu Hause bleiben sollte, war ein geschickter Schachzug, um ihn ihr auszuspannen."

Bettina ließ die Arme sinken und schaute Howard traurig an. „Glaubst du das auch?"

Howard schüttelte den Kopf. „Nein. Aber dass ihr euch mögt, das sieht ein Blinder."

„Ehrlich?" Bettina war erstaunt, dass sogar Howard das mitbekommen hatte.

„Cathy hat sich da etwas in den Kopf gesetzt, was sie einfach nicht durchsetzen kann. Sie muss das jetzt endlich begreifen.“ Howard ließ den Motor an. „Und du tust das besser auch. Ich jedenfalls behalte den Burschen im Auge. Irgendetwas stimmt nicht mit ihm.“ Er schaute Bettina von der Seite an. „Wenn du willst, komme ich mit zu Cathy. Dann reden wir zu dritt.“

Bettina war entsetzt über Howards Worte, dennoch willigte sie ein. „Okay!“, sagte sie leise.

Howard legte den Rückwärtsgang ein und bog in eine Einfahrt ein. Er wendete den Wagen und fuhr durch die breiten, baumbestandenen Straßen mit ihren gepflegten Vorgärten. Bettina war zu Fuß über eine halbe Stunde lang in die St.-Elms-Street gelaufen. Jetzt, nach nur fünf Minuten Autofahrt, sahen sie schon das Haus der Hollands.

„Was ist denn da los?“ Howard drosselte den Motor.

„Polizei“, sagte Bettina tonlos. Vor der Villa standen drei Streifenwagen. Eine Menschentraube versperrte Howard die Durchfahrt. Er parkte den Jeep am Straßenrand, und Bettina und er stiegen aus. Sie bahnten sich einen Weg zu den Polizisten.

„Was ist denn hier los?“, fragte Howard.

„Wer sind Sie?“, fragte eine Polizistin in blauer Uniform. Sie war fast zwei Köpfe kleiner als Howard und sah ihn und Bettina herausfordernd an.

„Ich bin ein Freund der Familie.“

„Ausweis?“, forderte die Polizistin.

Howard zeigte der Polizistin seinen Ausweis, den sie genau studierte.

„Und wer ist das?“, fragte sie und zeigte mit dem Kinn auf Bettina. Kalt wanderte ihr Blick an Bettina hinunter und wieder hinauf. Als sie Bettina in die Augen sah, las sie darin Misstrauen.

„Die Cousine aus Deutschland.“

„Ich habe meinen Ausweis in meinem Zimmer“, sagte Bettina.

„Kommen Sie.“ Die Polizistin bahnte ihnen einen Weg zur Haustür.

„Wir sind angerufen worden, weil die Alarmanlage ausgelöst wurde“, erklärte sie über die Schulter hinweg. „Es ist niemand zu Hause. Wir mussten die Tür aufbrechen.“

Im Wohnzimmer standen vier Polizisten mehr oder weniger tatenlos herum. „Wir warten jetzt auf die Besitzer“, erläuterte die Polizistin. „Was gefunden?“, fragte sie, an einen der Männer gewandt.

„Wohl ein Fehlalarm“, antwortete der.

„Wissen Sie, wann die Eigentümer zurückkommen?“, wollte die Polizistin von Bettina wissen.

„Gegen Mittag.“

Die Polizistin schaute auf die Uhr. „Wir warten“, rief sie ins Wohnzimmer hinein. Kaum hatten sich die Männer gesetzt, stürmten Cathy und Mary-Ann ins Haus.

„Was ist hier los?“ Mary-Ann klang leicht hysterisch.

„Beruhigen Sie sich, *madam*“, sagte die Polizistin. „Es handelt sich hier vermutlich um einen Fehlalarm. Zumindest haben meine Männer keine Spuren gefunden, die auf einen Einbruch hindeuten.“

Mary-Ann erblickte Bettina und nahm sie in die

Arme. „Gut, dass du da bist. Ich hatte schon befürchtet, dir sei etwas zugestoßen."

Bettina erwiderte den festen Druck der Umarmung. Wenn Tante Mary-Ann so besorgt um sie sein konnte, wurde vielleicht doch noch alles gut. Vielleicht hatte Cathy ja auch gar nichts erzählt.

„Würden Sie bitte nachsehen, ob irgendetwas fehlt!", forderte die Polizistin sie auf. Mary-Ann nickte und schaute sich gründlich im Wohnzimmer um. „Scheint alles noch da zu sein", sagte sie zufrieden.

„Bitte gehen Sie auch in die anderen Räume."

„Ja, natürlich."

Bettina, Howard und Cathy blieben bei der Polizistin. Für den Bruchteil einer Sekunde kreuzten sich Bettinas und Cathys Blicke. Dann schauten beide wieder zu Boden.

Plötzlich stürzte Mary-Ann ins Wohnzimmer. Sie hielt eine leere Schatulle in den Händen. „Mein Schmuck", sagte sie entgeistert. „Und das ganze Bargeld!"

„Ich sag's euch, er war's!" Howard hielt Bettina und Cathy sein Handy entgegen, als glaubte er, sie hätten noch nie eins gesehen. Die Polizei hatte über zwei Stunden im Haus herumgeschnüffelt, hatte alle Bewohner und die Nachbarn befragt und sogar nach Fingerabdrücken gesucht. Jetzt, da wieder Ruhe eingekehrt war, hatten sich Cathy, Bettina und Howard in Cathys Zimmer versammelt. Bettina kauerte in einem Rattansessel, die Füße eng an den Oberkörper gezogen. Sie fröstelte ein wenig. Howard und Cathy saßen ihr gegenüber auf der roten Ledercouch.

„Erinnerst du dich denn nicht, Betty?", fragte Howard und lehnte sich über den Tisch. „Als Carlos letzte Woche seinen Onkel angerufen hat, um zu fragen, ob er zum Grillen bleiben kann. Da hat er dieses Handy benutzt." Er hielt sein Handy hoch. „Ich habe, nachdem er aufgelegt hatte, heimlich die Wiederwahl-Taste gedrückt. Ratet mal, wer sich gemeldet hat!", forderte er beide Mächen auf.

Bettina hätte sich am liebsten die Ohren zugehalten, doch Howard donnerte schon los: *„Spencer's Supermarket!"*

Bettina rieb sich nervös die Hände und schaute zu Boden. Sie dachte an den Grillabend und daran, wie Carlos später hier bei Hollands angerufen hatte. Die vielen wie zufälligen Berührungen, seine netten Worte ... Und jetzt? Jetzt sprach alles dafür, dass Carlos ein Lügner und Betrüger war.

Cathy hing an Howards Lippen wie eine Ertrinkende.

„Ich wusste von Anfang an, dass da etwas nicht stimmte", zischte sie. „Carlos' Zurückhaltung hatte ja fast etwas Gespenstisches."

Bettina war wie betäubt. Tonlos brachte sie hervor: „Dann hat sein Onkel also wirklich keine Computerfirma." Für einen kurzen Augenblick flammte Hoffnung in ihr auf. „Vielleicht gehört ihm ja der Supermarkt!"

„Du klammerst dich wirklich an jeden Strohhalm", sagte Cathy verächtlich. Es waren die ersten

Worte, die Bettinas Cousine seit dem Streit an sie richtete. Dann wandte sie sich wieder an Howard: „Warum hast du das nicht eher gesagt?"

Howard lachte auf. „Hättest du mir geglaubt?"

Cathy schwieg.

„Ich habe dir mehr als einmal gesagt, dass mit dem Jungen was nicht stimmt. Du hast mich nie ernst genommen."

Cathy sah Howard an. „Ich dachte eben ..."

Howard schnaubte verächtlich. „Du dachtest, ich wäre eifersüchtig und wollte dir den *Cubano* nicht gönnen?"

Cathy nickte zaghaft.

Bei dem Wort *Cubano* zuckte Bettina zusammen. Eine falsche Telefonnummer, eine unerhörte Liebe, ein Verdacht, und aus dem Freund Carlos, dem anbetungswürdigen süßen Boy, wurde ein *Cubano*.

„Aber das alles beweist doch noch lange nicht, dass Carlos der Einbrecher ist", sagte Bettina.

„Beweisen, beweisen ...", sagte Cathy. „So was spürt man doch! Oder kannst du mir irgendeinen anderen plausiblen Grund nennen, warum sich jemand so verhält? Carlos hat sich in unsere Clique regelrecht eingeschlichen. Er hat uns ausspioniert. Er kannte unsere Häuser, die Zimmer, alles."

„Du meinst, er hat von Anfang an nichts anderes im Sinn gehabt, als deiner Mutter den Schmuck zu stehlen?", fragte Bettina ungläubig.

„Und das Bargeld", fügte Cathy hinzu. „Immerhin 1500 Dollar. Das ist für so einen *Cubano* jede Menge Geld."

Bettina wusste nur zu gut, dass Carlos gelogen

hatte. Aber sie wollte einfach nicht glauben, dass der Junge, in den sie so sehr verliebt war, ein gemeiner Dieb war. So sehr konnte sich doch niemand verstellen.

„Wir müssen ihn finden und ihn zur Rede stellen“, sagte Bettina.

„Bist du wahnsinnig?“, rief Cathy. „Das ist total gefährlich.“

„Wieso gefährlich?“

Howard legte seine Hand auf Bettinas Unterarm. „Cathy hat Recht. Wenn er das Gefühl hat, wir sind ihm auf den Fersen, rastet er vielleicht aus und bringt uns alle um.“

Bettina traute ihren Ohren nicht. „Seid ihr bescheuert? Carlos und uns alle umbringen?“

Cathy schaute Bettina an, als sei sie ein bisschen beschränkt. „Hör mal, wir sind nicht in Heidelberg oder sonst einem kleinen deutschen Kaff. Das hier ist Miami. Und außerdem“, jetzt machte sie eine kunstvolle Pause, „kenne ich keinen Carlos. Wenn sonst nichts stimmt, wird der Name wohl auch falsch sein.“

„Das weiß Bettina selbst nur zu gut“, sagte Howard.

Bettina starrte ihn entgeistert an. Hatte Howard sie etwa vor dem rosa Haus beobachtet?

„Ach ja“, sagte Cathy schnippisch. „Ich vergaß. Die beiden waren sich ja schon sehr nahe gekommen.“

Bettina musste sich sehr beherrschen, um Cathys gemeinem Blick standzuhalten.

„Ich bin heute Morgen durch die Straßen gelaufen, weil ich nicht wusste, was ich machen sollte. Plötzlich stand ich in der St.-Elms-Street. Da habe ich mich daran erinnert, wie du mir von Carlos' Haus erzählt hast. Ich wollte gar nichts von Carlos, ich stand da nur so rum, und plötzlich ..."

Cathy stand auf und kehrte Bettina den Rücken zu. Sie schaute aus dem Fenster und sagte leise, aber deutlich und bestimmt: „Deine Erklärungen interessieren mich nicht." Dann drehte sie sich um und sah Bettina kalt an. „Aber du musst einsehen, dass dieser Junge dich genauso angelogen hat wie mich. Ich würde mir an deiner Stelle nicht so viel auf seine angeblichen Gefühle einbilden."

„Aber Carlos ...", setzte Bettina an.

Cathy schoss auf Bettina zu. Ihre Augen hatten sich zu schmalen Schlitzen verengt. Sie atmete schwer. „Zum letzten Mal, *darling*", zischte sie, jetzt nur noch Zentimeter von Bettinas Gesicht entfernt, „es gibt keinen Carlos. Ich will den Namen in unserem Haus nie wieder hören, verstanden?"

* * *

Bettina schlug ihre Zimmertür zu und warf sich aufs Bett. Wie gemein Cathy sein konnte. Jetzt zeigte sie ihr wahres Gesicht.

„Eingebildete, verwöhnte Schnepfe", schimpfte Bettina und boxte in die Kissen. Sie sollte sich bloß nicht einbilden, dass sie sie mit ihrer überheblichen Reiche-Leute-Tour aus der Fassung bringen konnte. Keine Träne würde sie von ihr sehen, und wenn sie noch so gemein wäre.

Es war mittlerweile kurz nach sieben. Sie hatten sich fast drei Stunden die Köpfe heiß geredet über den Vorfall. Jetzt konnte Bettina nicht mehr. Sie hatte den ganzen Tag nichts gegessen und fühlte sich schwach und elend. Sie wollte nur noch schlafen und vergessen. Vielleicht würden sich morgen alle ein wenig beruhigt haben und vernünftig miteinander reden können. Sie wusste, dass Howard immer noch bei Cathy saß und die beiden darüber berieten, was zu tun sei.

Sollten sie doch, dachte Bettina. Ich glaube jedenfalls nicht, dass Carlos ein Einbrecher ist.

Bettina stellte sich Carlos vor. Sein Gesicht, seine Augen, seine Hände. Sie sah ihn ganz deutlich vor sich. Ihr Herz schlug laut. Sie sehnte sich danach, ihn sprechen zu können. Sie wollte ihn fragen, was das alles zu bedeuten hatte. Bestimmt hatte er eine Erklärung, und der ganze Spuk würde sich in Luft auflösen.

Bettina sank über ihre Gedanken in einen tiefen Schlaf.

* * *

Als sie am nächsten Morgen erwachte, hörte sie Stimmen vor ihrer Tür. Waren da nicht John und Bea? Schnell schlüpfte sie aus dem Bett und in ihre Kleider. Bevor sie die Tür öffnete, schloss sie kurz die Augen und versuchte die Aufregung niederzukämpfen. Sie hatte Angst vor dem, was heute kommen würde.

Bettina trat auf die Terrasse. Bea, John, Cathy und

Howard saßen um einen üppig gedeckten Frühstückstisch. Sie sahen nur kurz auf, begrüßten sie knapp, dann redeten sie in gedämpftem Ton weiter. Sollte Bettina sich dazusetzen? Oder waren jetzt alle gegen sie?

„Hi, Betty", flötete Mary-Ann aus der Küche. „Setz dich zu den anderen. Ich komme auch gleich!"

Bettina zog es vor, erst mal in die Küche zu gehen. „Hi, Mary-Ann", sagte sie. „Geht es dir gut?"

Mary-Ann ließ sich auf einen Stuhl sinken. „Weißt du, es ist ein verdammt komisches Gefühl zu wissen, dass fremde Hände in deinen Schränken herumgewühlt haben. Ich muss einfach ständig daran denken."

„Wie konnte der Einbrecher eigentlich über die Mauer oder durch das Tor kommen?"

„Schätzchen", sagte Mary-Ann, „wenn es stimmt, was die Kids da draußen erzählen, dann konnte Carlos völlig easy durch das Tor marschieren. Wir selbst, das heißt Cathy, haben Juan den Verbrecher vorgestellt."

„Das ist doch gar nicht sicher, dass Carlos ..."

„Es muss einer gewesen sein, der sich einen Schlüssel nachmachen konnte, der wusste, wo mein Schmuck war, und so weiter und so fort."

„Wenn er durch die Haustür gekommen ist, warum ist dann die Alarmanlage angegangen?"

Mary-Ann zuckte mit den Schultern. „Blöder Zufall, würde ich sagen. Es wäre nicht das erste Mal, dass sie anspringt, weil ein Vogel gegen die große Glasscheibe geflogen ist."

Bettina schüttelte den Kopf. „Ich weiß nicht ..."

„Komm, wir gehen raus zu den anderen", sagte Mary-Ann. „Wir brauchen uns keine Sorgen zu machen. Den Schmuck und das Geld wird die Versicherung ersetzen. Also, was soll's?" Sie sah Bettina freundlich an. „Lass dir nicht deine letzten Tage durch diese Sache verderben."

Bettina seufzte. Du hast gut reden, dachte sie.

Draußen herrschten sommerliche Temperaturen. Mary-Ann spannte den Sonnenschirm auf und tauchte den ganzen Tisch in ein warmes Gelb. Cathy löffelte gerade eine Kiwi aus, als sie zu Howard gewandt feststellte: „Ist doch klar. Du hast die Getränke gekauft, Carlos ist im Wagen geblieben, hat den Schlüssel im Zündschloss baumeln sehen und sich einen Abdruck davon gemacht. Bestimmt hatte er ständig irgend so eine klebrige Masse dabei, die man dafür braucht." Bettina fiel auf, dass Cathy schon wieder ein neues Kleid trug. Und als wäre das Ganze eine Szene aus einem Werbetrailer, passte es zu den Früchten, die Cathy gerade löffelte.

Mary-Ann gab ihrer Tochter einen Kuss auf die Wange. „Ich bin so froh, *honey*, dass du endlich zur Vernunft kommst. Ich habe nichts gegen Kubaner oder Ausländer im Allgemeinen", erkärte Mary-Ann der Tischrunde. Weil sie als Einzige stand, sah es aus, als hielte sie eine Rede. „Ich bin ja selbst eine Ausländerin." Mary-Ann lachte Beifall heischend. „Aber dieser Carlos passte nicht zu euch. Er war anders. Und zwar durch und durch. Ich habe für so etwas ein Gespür, glaubt es mir."

„Schon gut, Mum", sagte Cathy.

Aber Mary-Ann fuhr fort. „Ihr seid ja nun noch

mal mit einem blauen Auge davongekommen. Aber ich rate euch für die Zukunft: Schaut euch ein bisschen besser an, mit wem ihr euch einlasst."

Bettina hatte das Gefühl, Howard, Bea, John und Cathy taten das bereits. Und zwar mit ihr. Jedenfalls hatten sie nur kurz aufgeblickt, als sie an den Tisch getreten war. Bettina fühlte sich ausgeschlossen.

„Wie lange kennen wir Carlos eigentlich?", überlegte John laut.

Bea überlegte. „Vielleicht acht oder zehn Wochen."

„Und wie oft war er bei uns oder euch?"

„Was soll das?", fragte Cathy aufgebracht. „Willst du uns verhören?"

John hob die Hände, als könnte er den Angriff so abwehren. „Nein, natürlich nicht. Ich frage mich nur, warum er so lange gewartet hat. Warum hat er solch ein Lügengerüst konstruiert und so viele Stunden mit uns verbracht, wenn er uns nur ausrauben wollte?"

Cathy zuckte mit den Schultern. „Was weiß ich!"

„Er hat sich vielleicht nicht getraut", vermutete Bea.

Aber euch umzubringen, das traut er sich, dachte Bettina.

„Ist ja auch völlig egal", meinte Howard. „Auf jeden Fall machen wir es wie besprochen."

Mary-Ann setzte sich endlich und stemmte neugierig ihre Ellbogen auf die Tischplatte. „Und was habt ihr vor?"

Howard und Cathy warfen sich einen viel sagenden Blick zu. „Wir stellen ihm eine Falle", sagte Howard.

„Keiner von uns darf ihm verraten, was wir wissen“, schaltete sich Cathy ein.

„Wissen oder vermuten?“, fragte Bettina. Sie konnte doch nicht tatenlos zusehen, wie dieses wilde Gewächs aus Behauptungen und Unterstellungen weiterwucherte.

Cathy ignorierte die Bemerkung und betonte nochmals: „Keiner.“ Dabei warf sie Bettina einen strengen Blick zu.

John und Bea nickten.

„Wenn er Lunte riecht, können wir die Sache vergessen“, stellte Howard fest.

Mary-Ann sah ihn fragend an.

„Er wird sich noch mehr holen wollen und so tun, als wüsste er von nichts“, erklärte Howard. „Wir sind heute alle bei Bea zum Barbecue verabredet. Auch Carlos. Er wird kommen, damit kein Verdacht auf ihn fällt. Die Polizei wird ihn in Empfang nehmen.“

Bettina sprang auf. „Was?“

Cathy war sichtlich genervt. „Hast du eine bessere Idee?“, fragte sie herausfordernd.

„Gebt ihm doch wenigstens eine Chance. Redet mit ihm und fragt ihn, was die Lügen sollten. Vielleicht gibt es ja eine plausible Erklärung für alles.“

„*Bullshit!*“, zischte Cathy. „Glaubst du, einer, der sich mal eben eine komplett gefälschte Lebensgeschichte zulegt, ist um eine Ausrede verlegen?“

Bettina war ratlos. Cathy und die anderen hatten ja Recht. Alles sprach gegen Carlos. Aber trotzdem. Sie konnte und wollte nicht glauben, dass das stimmte. „Und wenn ihr falsch liegt?“

„Dann wird die Polizei es herausfinden“, schloss Cathy kalt.

John sah auf die Uhr. „Ich muss jetzt los.“ Er stand auf. „Kommst du?“, fragte er Bea.

Bea erhob sich. „Wir sehen uns dann also um sieben bei mir.“

„Und ich informiere jetzt die Polizei“, sagte Cathy. „Bleibst du zum Lunch?“, fragte sie Howard und sah Bettina an. „Ich möchte jetzt nicht allein sein.“

Bettina schluckte. Cathy hatte es wirklich drauf, ihr ein verdammt mieses Gefühl zu geben. Sie gab ihr genauso wenig wie Carlos eine Chance. In ihrer Verletztheit war sie fest davon überzeugt, dass Bettina sich an Carlos herangemacht hätte. Aber warum machte es ihr so viel aus? Für sie war Carlos doch nur ein mieser Lügner und ein Verbrecher obendrein.

Als Fernanda das Essen abräumte, saß nur noch Bettina am Tisch. Sie starrte auf das glitzernde Wasser des Pools. Obwohl es fast dreißig Grad im Schatten waren, fröstelte sie.

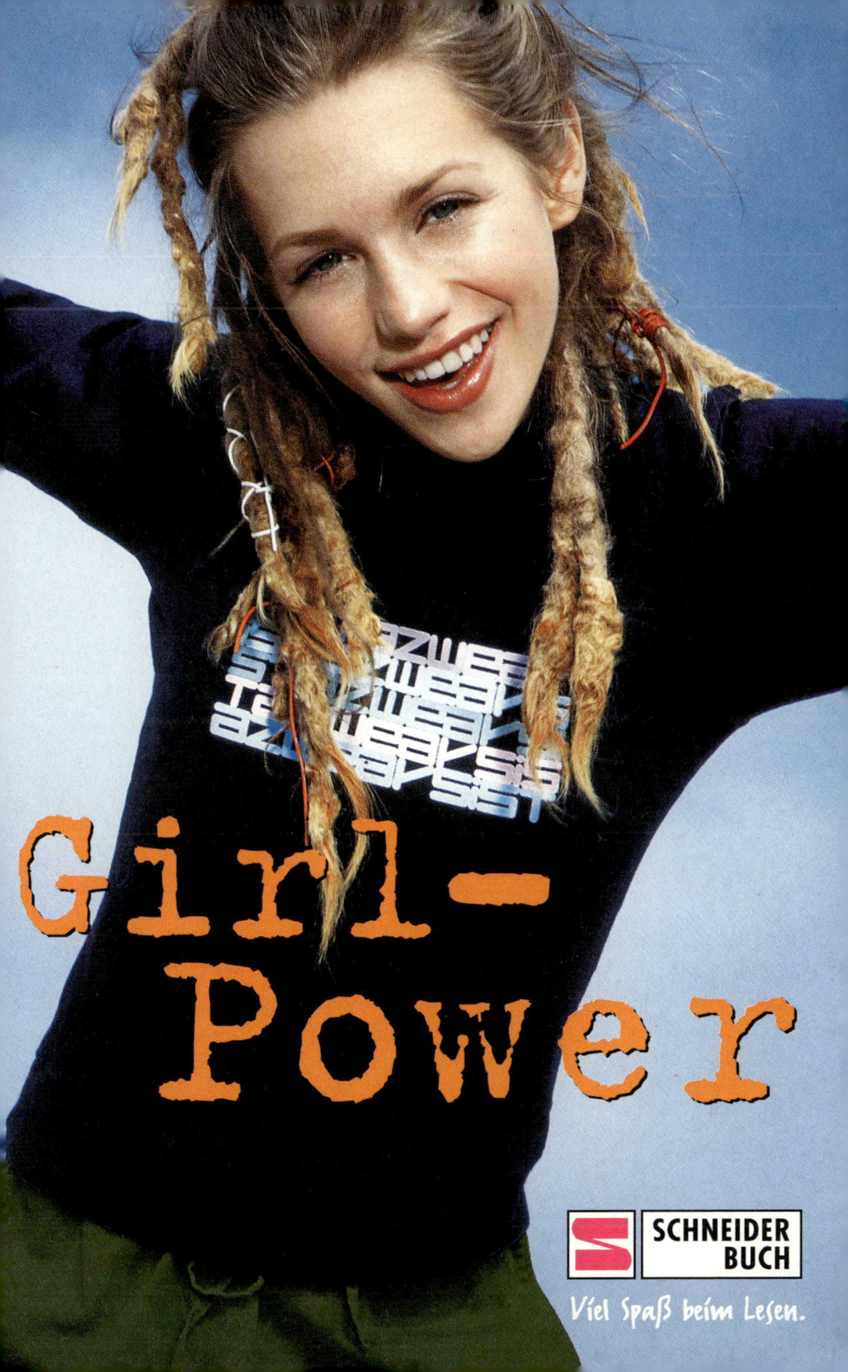
Girl-
Power
SCHNEIDER BUCH
Viel Spaß beim Lesen.

Manfred Meding
Hanna, 15, Webdesignerin
Traumjobs

Mädchen sollen für Computer zu doof sein? Hanna ärgert sich über den Macho-Spruch ihres Lehrers und schwört sich, ihm das Gegenteil zu beweisen.

160 Seiten, DM 14,95/öS 109,-

Sibylle Luise Binder
Sophie, 16, Filmstar
Traumjobs

Nach unzähligen Bewerbungen bei Castingbüros bekommt Sophie endlich ihre große Chance. Sie darf eine Rolle in einem Kinofilm neben dem Filmstar Leander Falk übernehmen. Alles scheint perfekt, doch Sophies Freund Oliver ist eifersüchtig, und bei den Dreharbeiten merkt sie, dass Filmen kein Kinderspiel ist.

160 Seiten, DM 14,95/öS 109,-

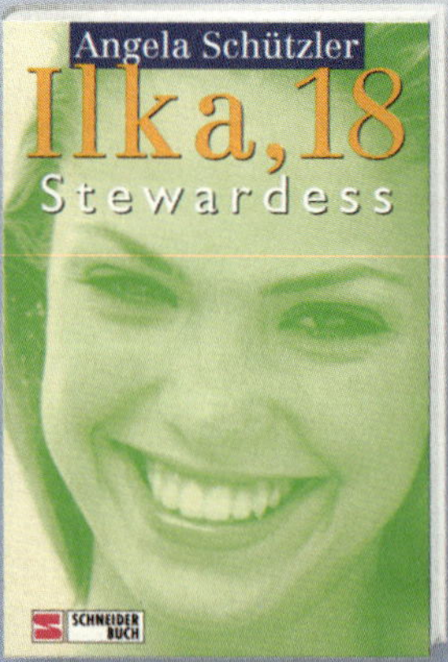

Angela Schützler
Ilka, 18, Stewardess
Traumjobs

Eine Mallorca-Reise bringt Ilkas Leben total durcheinander. Im Flugzeug verliebt sie sich in den gut aussehenden Purser, der in ihr den Wunsch weckt, Stewardess zu werden. Obwohl sie der Traumboy bitter enttäuscht, möchte sie ihren Traum vom Fliegen verwirklichen.

160 Seiten, DM 14,95/öS 109,-

Brigitte Blobel
Lea will es wissen
Starke Mädchen

Lea ist frustriert: Ihr Freund hat nie Zeit für sie und flirtet mit einer anderen – und ihre Eltern wollen nicht einsehen, dass sie schon lange kein Kind mehr ist. Da hilft nur eins: Lea muss ihr Leben selbst in die Hand nehmen.

192 Seiten, DM 16,95/öS 124,-

itte Blobel
ner wieder Marie
ke Mädchen

mand will Marie glauben, dass ihr Lehrer sie
hts auf der Klassenfahrt geküsst hat. Marie ist
end, sie bekommt nichts mehr auf die Reihe und
ht Zoff im Unterricht. Aber kurz bevor Marie von
Schule fliegt, bemüht Kilian sich um sie.

Seiten, DM 16,95/öS 124,-

Brigitte Blobel
Romy auf der Suche
Starke Mädchen

Romy lebt allein mit ihrer Mutter, an ihren Vater kann sie sich nicht mehr erinnern. Durch Zufall erfährt sie, dass er Kunstfotograf ist und in Italien lebt. Ihre Neugier ist geweckt, und sie begibt sich auf die Suche nach ihm ...

192 Seiten, DM 16,95/öS 124,-

Peter Weissflog
Karibische Träume
Happy Holidays

Mit separatem Langenscheidt-Sprachführer und Reise-Tipps von Polyglott.

Larissa und Denise geraten mitten i der Karibik in Seenot, und ihr Segelb kentert. Sie landen schließlich auf ein unbewohnten Insel, auf der sie sich be glühender Hitze durchschlagen müsse Aber die beiden geben nicht auf ...

160 Seiten, DM 14,95/öS 109,-

Herbert Friedmann
Portugal – Liebe inklusive
Happy Holidays

Mit separatem Langenscheidt-Sprachführer und Reise-Tipps von Polyglott.

Julia und Jenny starten gemeinsam in die Sommerferien, drei Wochen Clubferien in Portugal. Während Jenny alles cool findet und jede Menge Leute kennen lernt, fühlt sich Julia abgehängt – bis sie den süßen Portugiesen Julio trifft.

160 Seiten, DM 14,95/öS 109,-

Edith Kaltenthaler
Florida-Feeling
Happy Holidays

Mit separatem Langenscheidt-Sprachführer und Reise-Tipps von Polyglott.

Bettina darf in den Ferien ihre Verwandten in Florida besuchen. Am Strand lernt sie Carlos kennen und verliebt sich Hals über Kopf in ihn. Ab Carlos scheint ein Geheimnis zu haben

160 Seiten, DM 14,95/öS 109,-

Eva und Marie Collo
Die Macht der Wünsche
Stars & Love

Mit zwei glitzernden Astro-Duft-Tattoos und Liebesprofil.

Pia ist Zwilling, und in ihrem Horoskop steht, dass es schon in den nächsten Tagen die ganz große Liebe für sie geben wird. Und tatsächlich begegnet sie ihrem Traumtypen wenig später. Sie ist glücklich wie noch nie. War das jetzt Zufall, oder stehen die Sterne wirklich gerade günstig?

160 Seiten, DM 16,95/öS 124,-

ı und Marie Collo
ıumfrau für Philipp
ɾs & Love

: zwei glitzernden Astro-Duft-Tattoos
ɪ Liebesprofil.

ılipp sitzt zwischen den Stühlen: Die Beziehung zu ıer Freundin ist abgekühlt, und seine neue Traum-ɹ Nadine lässt ihn eiskalt abblitzen. Als auch noch ıe Mutter verschwindet, weiß Philipp sich keinen mehr. Kann Julia weiterhelfen? Sie hat als Stern-:hen den Skorpion und scheint sich tatsächlich für zu interessieren.

) Seiten, DM 16,95/öS 124,-

Das Astro-Set zum Millennium
Stars & Love

Du willst einmal selbst in die Sterne schauen? Mit dem megastarken Astro-Set kannst du mehr über dein Schicksal in Sachen Liebe erfahren. Die zwei Schicksalswürfel, die Astro-Scheibe und dein persönlicher Glücksstein aus Rosenquarz helfen dir dabei. Jede Menge Lesespaß garantiert der Roman „Geheimnis der Sterne" (160 Seiten) mit zwei glitzernden Astro-Duft-Tattoos.

Limitierte Auflage
DM 29,95/öS 219,-

Gaby Schuster
Plötzlich war es Liebe
Kuschelrock

Seit ihrem Reinfall mit dem Rocksänger Andy steh schwarzhaarige Schönlinge auf Annas Out-Liste. Aber auch den blonden Colin, der sich schwer um sie bemüht, lässt sie total abblitzen. Doch bald me sie, dass sie nicht länger gegen das Glücksgefühl ankämpfen kann, das sie in Colins Nähe verspürt.

192 Seiten, DM 16,80/öS 123,-

Herbert Friedmann
Die Nacht der Zärtlichkeit
Kuschelrock

Als Mona den süßen Diskjockey Benny im Feriendorf kennen lernt, ist sie hin und weg. Zwei Tage vor ihrer Abreise erlebt sie mit ihm die Nacht der Zärtlichkeit. Wieder zu Hause wartet Mona vergeblich auf ein Lebenszeichen von ihrem Traumboy. Als er dann plötzlich vor ihrer Haustür steht, will sich das große Herzklopfen nicht sofort einstellen. Wird die Nacht der Zärtlichkeit einmalig bleiben?

192 Seiten, DM 16,80/öS 123,-

Herbert Friedmann
Ein Lovesong zum Geburtstag
Kuschelrock

Liebe auf den ersten Blick gibt es nicht. Das meint auf jeden Fall Jenny, die versucht, Miriam ihren neuesten Schwarm Fabian auszureden. Es funkt au bei Fabian, aber ihre Liebe hält dem zweiten Blick nicht stand. Miriam hat die Nase voll von Boys, bi sich Fabian an ihrem Geburtstag mit einem Lovesong bei ihr meldet.

192 Seiten, DM 16,80/öS 123,-

Brigitte Blobel
Tanzen sehr gut – Mathe ungenügend
Gefühlssachen

Die Mathematiklehrerin sagt Arnika, dass sie mit dem Tanzen aufhören muss, wenn sie die Klasse nicht wiederholen möchte. Weder die Lehrerin noch Nikes Eltern können sich vorstellen, was es für sie heißt, nicht mehr tanzen zu dürfen. Zum Glück findet Nike in ihrer Großmutter und dem sympathischen Jan zwei Verbündete.

160 Seiten, DM 16,95/öS 124,-

:te Blobel
e dich kann ich nicht leben
hlssachen

a und Sebastian, beide sechzehn, sind seit n Jahr überglücklich verliebt und verbringen freie Minute miteinander. Sie und Sebastian sind erz und eine Seele. Aber als Sebastian von einer enfahrt zurückkehrt, ist er irgendwie verändert. ika spürt das. Es muss etwas passiert sein ...

Seiten, DM 16,95/öS 124,-

Brigitte Blobel
Heimlich verliebt
Gefühlssachen

Überall trifft Janine nur auf uninteressante Jungen. Nie läuft ihr einer, der so nachdenklich, reif und hilfsbereit wie Daniel ist, über den Weg. Janines Gedanken kreisen nur noch um ihn, und als ihr klar wird, dass sie in ihn verliebt ist, erschrickt sie zutiefst. Daniel ist nämlich der Freund von Maja, ihrer besten Freundin!

160 Seiten, DM 16,95/öS 124,-

„Hi."

Bettina fuhr herum. Die Blätter ihres Schreibblocks auf dem Tisch flatterten im Wind.

„Carlos!", stieß sie hervor. Einem Impuls folgend wollte sie aufspringen.

Carlos lachte. Dann schaute er an sich herunter. „Ist irgendwas mit mir nicht in Ordnung?"

Bettina versuchte sich zusammenzureißen und etwas Freundliches und gleichzeitig Belangloses zu sagen. Aber sie bekam kein Wort heraus. Mit allem und jedem hätte sie an diesem Ort gerechnet, nur nicht mit Carlos.

„Darf ich mich zu dir setzen?", fragte Carlos.

Bettina nickte. Sie hatte sich, nachdem John und Bea das Haus verlassen hatten und Cathy mit Howard in ihrem Zimmer verschwunden war, lieber aus dem Staub gemacht. Mit Schreibblock und Kugelschreiber im Rucksack war sie in ein Straßencafé gegangen und hatte sich ein schattiges Plätzchen gesucht. Sie wollte alles aufschreiben, was ihr durch den Kopf ging. Die Ereignisse festhalten. Vielleicht würde sie dann klarer sehen.

„Was machst du?", wollte Carlos wissen. Er zeigte auf ihren Block.

Bettina legte den Block auf den freien Stuhl neben

sich und stellte ihre Tasche drauf. „Schreiben!“, antwortete sie nebenbei.

„Aha“, machte Carlos. Das hätte er zur Not auch noch selbst erkannt.

Bettina lächelte nervös. Sie wusste, dass jetzt bald ein halbwegs normales Gespräch zu Stande kommen musste, damit Carlos ihre Verwirrung nicht bemerkte. Aber in ihrem Kopf herrschte eine beängstigende Leere.

Als der Kellner kam, schickte Carlos ihn weg, ohne etwas bestellt zu haben.

„Und du? Was machst du hier?“, fragte Bettina endlich.

„Ich hatte in der Gegend zu tun“, sagte er.

Bettina fiel auf, dass Carlos nicht gerade aussah, als käme er aus einem Büro oder wäre auf dem Weg dorthin. Er trug ein leichtes Kapuzenshirt, eine beigefarbene Kordhose und ziemlich alte Turnschuhe.

Carlos bemerkte, wie Bettinas Blick an ihm herabwanderte. „Ist was?“

Bettina schaute ihn an. „Nein ... ich frage mich nur ...“

„... ob ich so zur Arbeit gehe?“, vollendete Carlos den Satz.

Bettina nickte.

„Computerfreaks können machen, was sie wollen. Also auch anziehen, was sie wollen. Wenn sie gut genug sind, versteht sich.“

„Und du bist gut genug?“

„Sieht so aus“, sagte Carlos. Er lachte verlegen.

Bettina schaute Carlos an. Seine schwarzen Haare glänzten in der Sonne. Eine Strähne fiel ihm in die

Stirn und wehte lustig im Wind. Seine Augen hatten heute die Farbe von Bernstein. In diesem Moment glaubte sie ihm jedes Wort. Niemals würde Carlos sie anlügen oder so etwas Bescheuertes tun wie einbrechen. Sie musste ihn unbedingt warnen. Er durfte heute Abend nicht zu Bea kommen.

„Warum bist du nicht zu Cathy gefahren?", fragte Bettina.

„Warum hast du mich zu ihr geschickt?", entgegnete Carlos.

„Das weißt du nicht?"

Carlos stieß die Luft aus der Nase. Es klang verächtlich. „Das weiß ja wohl mittlerweile jeder!"

Bettina schwieg.

Carlos' Züge versteinerten. „Und wenn sie noch zehnmal reicher wäre. Sie kann mich nicht kaufen."

Bettina schüttelte den Kopf. „Sie will dich nicht kaufen."

„Doch!"

„Sie glaubt, ihr beide würdet wunderbar zusammenpassen!"

„Und warum? Sie kennt mich doch gar nicht. Ich will dir mal was sagen." Carlos sah zornig und verbittert aus. „Sie glaubt, die Bankkonten unserer Familien passten gut zueinander. Sie ist so gefangen in ihrer Scheiß-Reiche-Leute-Welt, dass sie überhaupt nicht merkt, dass wir uns nichts, aber auch gar nichts zu sagen haben."

Bettina dachte an die Frage- und Antwort-Spielchen, die Cathy mit Carlos machte. „Sie glaubt, du traust dich nicht aus dir heraus, weil so eine Art Verlobte auf dich in Kuba wartet."

Carlos warf sich in seinem Stuhl zurück und lachte laut.

„Hast du ihr das nicht selbst erzählt?“, fragte Bettina verunsichert.

Carlos wurde wieder ernst. „Und wenn schon!“, sagte er kalt.

Bettina war verwirrt. Carlos hatte scheinbar ein ziemlich eigenwilliges Verhältnis zur Wahrheit. Spielte er mit den Gefühlen von Cathy?

Hatten die anderen vielleicht doch Recht? Was wollte Carlos und wer war er wirklich? Konnte sie ihn unter diesen Umständen wirklich warnen?

Bettina legte ein paar Dollarnoten auf den Tisch und stand auf. „Lass uns gehen.“

Sie gingen lange schweigend nebeneinander her. Carlos wirkte nervös. Er rieb sich dauernd die Hände oder fuhr sich durchs Haar.

Sie gingen hinunter zum Wasser und schauten auf die Yachten, die hier festgemacht hatten.

„Guck dir das an“, sagte Carlos. Er zeigte auf ein Segelboot von zirka fünfzehn Metern Länge. „Mit so einem Boot würde ich dich gern entführen!“

Bettina lachte. „Mich? Wohin denn?“

Carlos verstellte Bettina den Weg. „Auf eine einsame Südseeinsel.“

Bettina fühlte ihr Herz laut schlagen. Carlos stand so dicht vor ihr, dass sie seinen Geruch deutlich wahrnahm. Unwillkürlich atmete sie tief ein. Carlos roch nach Meer. Nach Salz und frischer Luft. Er roch wie ein Seemann, nicht wie ein Computerfreak.

Bettina trat einen Schritt zurück. Sie musste sich beherrschen. Sie wollte Klarheit haben, bevor sie ihren Gefühlen freien Lauf ließ. Sie musste sich daran erinnern, dass sie allen Grund hatte, Carlos zu misstrauen. Immerhin hatte er eine falsche Adresse angegeben und, wie es aussah, auch einen falschen Namen. Aber hieß das, dass er zu einem Einbruch fähig war? Carlos sollte ihr Misstrauen nicht spüren. Bettina hatte so große Angst, ihn zu verletzen.

„Carlos!“, stieß Bettina hervor. Sie musste ihn zur Rede stellen.

Carlos schaute ihr fest in die Augen.

„Dein Onkel ...!“

Carlos senkte den Kopf. Er betrachtete seine Hände. Dann blickte er wieder auf. „Lass meinen Onkel doch einfach aus dem Spiel, Betty!“, sagte er und schaute Bettina fast flehend an. „Geht das? Kannst nicht wenigstens du einfach nur mich sehen?“

Was hätte Bettina darum gegeben, wenn das so einfach wäre. Nur Carlos. Carlos und sie. Keine Cathy. Keine Verdächtigungen. Keine Polizei. Aber warum sagte Carlos so etwas? Warum sollte sie ihn nicht nach seinem Onkel fragen? Wenn alles in Ordnung mit ihm war, hatte er doch keinen Grund dazu.

„Geht das nicht?“, fragte Carlos noch einmal. Er legte seine Arme um Bettina und zog sie nah an sich heran. Bettina schloss unwillkürlich die Augen. Dann spürte sie Carlos’ Lippen auf ihren. Weich und warm. Ihr Herz raste. Und für einen langen wundervollen Augenblick war Carlos’ Onkel wirklich egal. Sein Onkel und alles andere.

Carlos umfasste ihren Kopf mit beiden Händen. Sein Gesicht war ein einziges Lachen.

„Das ist die Wahrheit und sonst nichts“, flüsterte

er zärtlich. „Bis heute Abend. Ich freue mich." Dann ließ er sie los und ging fort.

„Carlos!", rief sie. „Warte!"

Carlos drehte sich im Laufen um und winkte ihr fröhlich zu. Dann stieg er in einen Bus.

Endlich setzte sich Bettina in Bewegung. Sie rannte hinter dem Bus her, als wäre sie von Furien verfolgt. Sie musste Carlos warnen. Er durfte heute Abend nicht zu Bea kommen. Sie gestikulierte, Carlos sollte wieder aussteigen. Aber Carlos hatte sich auf einen freien Platz in der letzten Bank gesetzt. Er schaute sich nicht mehr um. Atemlos blieb Bettina stehen. Das war der Anfang und das Ende zugleich.

Als es an der Tür klingelte, zuckte Bettina zusammen. Sie hatte den ganzen Nachmittag mit sich gerungen, ob sie zum Barbecue bei Bea mitgehen sollte. Aber ob sie nun mitging oder nicht: Carlos würde sie ohnehin für eine Verräterin halten. Sie hatte gezögert, ihm von dem Vorhaben der anderen zu erzählen. Und das hieß für ihn: Sie verdächtigte ihn genau wie alle anderen. Was machte es schon für einen Unterschied, dass sie dabei in ihn verliebt war. Das machte alles höchstens noch viel schlimmer. Nun wollte sie wenigstens dabei sein, um nicht auch noch als feige dazustehen.

Wie sie sich jetzt selbst überzeugen konnte, hatten Howard und Cathy wirklich Ernst gemacht und der Polizei erzählt, dass Carlos der Einbrecher war und dass sie ihn der Polizei außerdem auf einem goldenen

Tablett servieren konnten. Das zuständige Department hatte zwei Polizisten für die Festnahme geschickt, die Bea in die ans Wohnzimmer angrenzende Küche gebracht hatte. Bea schloss die Tür hinter ihnen und stand auf, um Carlos zu öffnen.

Cathy beugte sich vor und sah in die Runde. „Also, ihr benehmt euch alle ganz normal, okay? Die Cops kommen raus, sobald Carlos da ist, und nehmen ihn mit. Es wird gleich vorbei sein."

Bettina hielt den Blick gesenkt. Sie konnte und wollte ihn nicht anschauen, obwohl er sich jetzt dicht neben sie setzte.

„Hi, Betty", flüsterte er und gab ihr einen zärtlichen Kuss auf die Wange.

Bettina bekam eine Gänsehaut. Sie schluckte. Sie kam sich so mies vor.

„Jetzt wird es aber Zeit", hörte Bettina ihre Cousine mit eisiger Stimme sagen. Dann ging alles ganz schnell. Bea klopfte, wie verabredet, an die Küchentür. Sofort traten die beiden uniformierten Polizisten ins Wohnzimmer und steuerten direkt auf Carlos zu.

„Sie sind des Einbruchs und Diebstahls dringend tatverdächtig. Bitte stehen Sie auf und kommen Sie zum Verhör mit", sagte einer von ihnen.

Bettina blickte auf. Carlos war blass, sein Gesicht eine Fratze. Wut, unbändige Wut stand in ihr. Aber noch mehr Angst. Bettina spürte, wie Carlos jeden Muskel anspannte. Ein gefangenes Tier.

„Stehen Sie bitte auf", forderte der zweite Polizist Carlos jetzt auf.

Carlos gehorchte. Bettinas Kehle brannte. Warum

wehrt er sich nicht? Warum fragt er nicht, was los ist? Wieso geht alles so glatt? Bettina spürte Carlos' Blick auf der Kopfhaut, wie er über ihr stand und auf sie herabschaute. Sie sah auf, direkt in seine Augen. Sie waren voller Verachtung für sie und nur für sie. Bettinas Augen füllten sich mit Tränen. Sie fühlte sich so ohnmächtig.

Die Polizisten nahmen Carlos zwischen sich. „Wir danken Ihnen allen für die Mithilfe." Der Dank der Cops traf Bettina wie eine Ohrfeige.

Als die Haustür ins Schloss fiel, ließ sich Cathy gut gelaunt in einen Sessel fallen. Sie fixierte ihre Cousine, die wie benommen dasaß.

„Tja, Betty, *darling*", höhnte sie. „Dumm gelaufen, was?"

Bettina sah Cathy und die anderen verschwommen wie durch einen Gazevorhang. Ihre Stimmen, ihr Lachen hallte aus scheinbar großer Entfernung zu ihr herüber. Alle ihre Gedanken waren bei Carlos. Sie versuchte sich klarzumachen, was gerade geschehen war. Kein Wort der Verteidigung war über seine Lippen gekommen, nur dieser Blick! Seine Bedeutung war für Bettina klar: Er war es nicht, er war es nicht ...!, hämmerte es in ihrem Kopf.

Bettina stand abrupt auf. „Das darf ja wohl nicht wahr sein!", schrie sie.

Cathy sprang aus ihrem Sessel auf und stellte sich dicht vor sie. „Glaubst du es etwa immer noch nicht?", zischte sie.

„Nein!", brüllte Bettina. „Ich glaube es nicht. Carlos hat vielleicht gelogen, aber er ist kein Betrüger. Kein Dieb!"

„Lügner, Betrüger. Wo ist denn da der Unterschied?“, brüllte Cathy zurück.

Bettina wusste, dass es in den Ohren der anderen lächerlich klang, aber sie sagte es trotzdem: „Ich weiß es eben. Ich fühle es!“

Cathy brach in schallendes Gelächter aus. „*Oh, she feels it!* Bist du da so sicher? Warum hast du ihn dann nicht gewarnt?“

Bettina rang nach Atem.

„Wir haben euch gesehen!“, stieß Cathy hervor. Sie schaute Howard Beifall heischend an. „Es sah echt nach großer Liebe aus, stimmt's?“

Howard sagte nichts.

„Aber Liebe und Verrat“, höhnte Cathy weiter, „das passt nicht zusammen. Er wird dich unglücklich machen, denn alles, was er dir bisher erzählt hat, war gelogen. Warum sollten ausgerechnet seine Gefühle, seine Küsse ehrlich und ernst gemeint sein?“

Bettina spürte, wie ihr das Blut in den Kopf schoss, wie sie der Schwindel packte. Wenn sie allein war oder mit Carlos zusammen, dann war alles klar und einfach. Ihre Gefühle, Carlos' Gefühle – natürlich waren die echt und ernst. Aber wenn sie jetzt Cathy zuhörte, dann glaubte sie fast das Gegenteil. Wieder einmal kämpfte sie mit den Tränen.

Endlich schaltete sich Howard ein. „Hört jetzt auf. Es ist vorbei. Beruhigt euch!“

Bettina saß auf ihrem Bett. Sie hatte das Licht nicht angeschaltet und genoss es, im Halbdunkel einfach nur dazusitzen und in den mondhellen Garten zu schauen. Sie dachte an zu Hause, und ihr Herz krampfte sich zusammen. Noch nie im Leben hatte sie ihre Familie so sehr vermisst. Sie freute sich unendlich darauf, bald nach Hause zu kommen. Sie würde Thomas alles erzählen können. Sie würde beginnen, Carlos zu vergessen. Sie würde ihn bestimmt vergessen. Irgendwann.

Sie würde nie erfahren, was wirklich vorgefallen war, da der Kontakt zu ihrer Cousine garantiert abbrechen würde.

Bettina zog das vierte Papiertaschentuch aus der Packung und schnäuzte sich. Ihre Augen brannten vom Weinen, gegen das sie sich nicht wehren konnte. Immer wieder stiegen Wellen der Verzweiflung auf.

Das Klopfen an der Tür klang hart und unerbittlich. „Es gibt Abendessen.“ Beim Klang von Cathys Stimme schrak Bettina hoch und eilte ins Bad. Im Spiegel erblickte sie ein fremdes Gesicht mit geschwollenen Augen, roter Nase und wirr um den Kopf stehenden Haaren.

Bettina drehte den Wasserhahn auf und kühlte ihre Augen. Sie schnäuzte sich gründlich und kämmte sich. Sie zog drei Haarsträhnen über die Augen. Jetzt könnte sie etwas Puder gebrauchen, um die rote Nase zu kaschieren. Was sollte sie Mary-Ann sagen? Sie würde doch bestimmt wissen wollen, warum sie geweint hatte. Sollte sie sie auch noch anlügen?

Bettina betrat das Wohnzimmer. Wie üblich stand die Terrassentür weit auf, und die Hollands saßen am perfekt dekorierten Tisch. Heute Abend hatten sie sogar Kerzen angezündet. Jemand hatte klassische Musik aufgelegt.

„Betty“, strahlte Mary-Ann ihr entgegen. „Komm, setz dich“, forderte sie sie auf.

Bettina fühlte sich wie ein Alien, als sie an den Tisch trat. Sie atmete tief durch und schaute Mary-Ann an. Los, frag schon, stand in ihrem Blick.

Mary-Ann schluckte. „Oh.“ Ihr Lächeln war aufgesetzt. Dann warf sie ihrer Tochter einen Hilfe suchenden Blick zu.

Cathy sah Bettina an. Ihre Mundwinkel zeigten steil nach oben, als sie Bettina um ihren Teller bat.

„Reis oder Nudeln?“, fragte sie zuckersüß.

„Ich habe keinen Appetit“, sagte Bettina tonlos.

„Oh“, sagte Tante Mary-Ann zum zweiten Mal. „Bist du krank? Du siehst etwas mitgenommen aus.“

Bettina schüttelte den Kopf.

„Soll Fernanda dir etwas anderes zu essen machen? Vielleicht Kartoffeln?“, fragte Mary-Ann weiter.

Wieder schüttelte Bettina den Kopf.

„Habt ihr schon gehört, dass Altmans Pudel in den Pool gefallen ist?“, fragte Cathy ihre Eltern.

„Nein!“ Mary-Ann verschluckte sich fast an einem Stück Lammfleisch.

„Doch“, entgegnete Cathy. „Mrs. Altman konnte ihn mit einem Kescher retten, aber er hatte schon jede Menge Wasser geschluckt.“

„O Gott, die Arme“, sagte Mary-Ann. Ihr einstudiertes Lächeln war einer Trauermiene gewichen.

Bettina saß am Tisch und staunte. Vor weniger als einer Stunde war Cathys angeblich große Liebe verhaftet worden. Und nun unterhielt Cathy sich mit ihrer Mutter über einen nassen Pudel.

„Er ist mittlerweile im Tierkrankenhaus. Der Tierarzt meinte, er sei vielleicht traumatisiert."

Wie aus weiter Ferne drang das Klingeln des Telefons an Bettinas Ohr.

Mary-Ann tupfte sich mit der Serviette die Mundwinkel trocken und stand auf. Fernanda hatte schon abgenommen und hielt ihr den Hörer entgegen.

„Ja, Holland", sagte sie. – „Nein!", brüllte sie fast. „Bei Ihnen auch?" – „Jaja, wir sind da. Kommen Sie nur!"

Mary-Ann legte auf und kam aufgeregt an den Tisch zurück. „Das war Mrs. Altman!", verkündete sie.

Betty und Cathy schauten sie erwartungsvoll an.

„Bei den Altmans ist heute Nachmittag eingebrochen worden. Der ganze Schmuck ist weg."

Bettina sprang auf. „Um wie viel Uhr genau?"

Mary-Ann zuckte mit den Schultern. „Keine Ahnung. Ich glaube, am frühen Abend."

Als es klingelte, rannte Bettina zur Tür.

Mrs. Altman stand draußen und begrüßte sie. Bettina bat sie freundlich herein. Bereits auf dem Weg ins Wohnzimmer fragte sie nach der genauen Uhrzeit des Einbruchs.

„*Good evening*", grüßte Mrs. Altman beim Eintreten ins Wohnzimmer. Sie rannte auf Mary-Ann zu und ergriff ihre Hände. „Ist das nicht furchtbar?"

Fernanda räumte den Tisch ab, und Mary-Ann bat Mrs. Altman, am Kamin Platz zu nehmen. Mary-Ann schaltete die Musik aus.

„Die Polizei hat gesagt, dass sie den Täter, der die Einbrüche hier verübt, bald überführen."

Cathy lachte. „Wir haben ihn doch schon geschnappt."

Mrs. Altman hatte das scheinbar nicht gehört, denn sie fuhr unbeirrt fort: „Ich habe das Haus gegen fünf Uhr dreißig verlassen, um den armen Snoop zum Tierarzt zu bringen. Stellen Sie sich vor, er ist in unseren Pool gefallen. Vor lauter Aufregung darüber habe ich wohl die Zündschlüssel im Auto hängen lassen. An dem Schlüsselbund befanden sich neben dem Autoschlüssel sämtliche Haus- und Garagenschlüssel. Als ich gegen sechs Uhr fünfzehn die Tierarztpraxis wieder verließ, hing der Schlüssel noch im Schloss, und erst da habe ich es überhaupt bemerkt. Ich meine, dass ich ihn dort habe hängen lassen." Wieder ergriff Mrs. Altman Mary-Anns Hand. „Meine Liebe, ich werde alt! Das wäre mir früher nicht passiert. Na ja, ich habe dann noch in der Apotheke ein Beruhigungsmittel für Snoop gekauft und diverse Besorgungen gemacht, bevor ich ihn ins *animal hospital* gebracht habe. Dann bin ich nach Hause gefahren."

An dieser Stelle senkte Mrs. Altman die Stimme und schaute zu Boden. „Stellen Sie sich vor. Als ich ankam, wartete die Polizei bereits auf mich. Mr. Boyle, dessen Grundstück hinten an unseres grenzt, hat etwas Verdächtiges beobachtet und die Polizei verständigt."

Bettina wagte gar nicht zu denken, was sie denken musste: War Carlos' Unschuld damit bewiesen?

„Hat das irgendetwas mit unserem Fall zu tun?", fragte Bettina vorsichtig.

„Allerdings", sagte Mrs. Altman fast beleidigt und schaute Bettina an, als sei sie ein wenig begriffsstutzig. „Sehen Sie denn nicht die Parallelen in beiden Fällen, junges Fräulein? Dem Polizisten sind sie gleich aufgefallen."

„Natürlich", sagte Mary-Ann gedankenverloren.

„Keine Spuren eines gewaltsamen Eindringens, offensichtlich zielgerichtetes Entwenden bestimmter Gegenstände einer fest definierten Sachgruppe." Mrs. Altman wiederholte scheinbar wörtlich die Einschätzung der Polizei.

„Hat die Polizei eine Spur?", fragte Cathy.

„Sie checken gerade sämtliche Schlüsseldienste im Umkreis der Tierarztpraxis von Doctor Bush. Irgendeiner muss meinen Schlüsselbund oder zumindest den Haustür- oder Garagenschlüssel wieder erkennen. Denn eins ist sicher, der Täter hat den Schlüssel vor Ort nachmachen lassen. Es befinden sich wie bei Ihnen kleine Spuren von Abdruckmasse an den Schlüsseln."

„Was ist mit Carlos?", wollte Bettina nun endlich wissen.

Mrs. Altman schaute sie entgeistert an. „Carlos?"

„Die Polizei hat ihn heute Abend bei den Westwoods festgenommen, weil sie glaubte, er wäre der Einbrecher", erklärte Bettina.

Mrs. Altman zuckte bedauernd mit den Schultern. „Davon weiß ich nichts."

Cathy winkte ab. „Ist auch nicht so wichtig."

„Ist es doch", beharrte Bettina. „Wenn es stimmt, was die Polizei vermutet, dann ist Carlos unschuldig."

„Blödsinn", zischte Cathy. „Nur weil er für den Einbruch bei Altmans ein Alibi hat?"

Mary-Ann sah zwischen Cathy und Bettina hin und her.

Mrs. Altman lächelte nervös. „Nun ja, mein Liebe. Ich wollte, dass Sie dies wissen. Ich werde jetzt wieder verschwinden."

Mary-Ann brachte Mrs. Altman zur Haustür. Als sie zurück ins Wohnzimmer kam, drückte Bettina gerade die Stopp-Taste des Funktelefons und sagte zu Cathy: „Sie haben ihn laufen lassen. Er hat ein Alibi für die Tatzeit, zu der deiner Mutter der Schmuck gestohlen wurde."

Cathy schüttelte ungläubig den Kopf. „Aber warum hat er das nicht gleich gesagt?"

Bettina antwortete nicht. Sie sagte nur: „Sein Name ist übrigens Miguel Manzana."

„Wenn ihr mich fragt, heißt das gar nichts. Ein Alibi kann sich jeder besorgen", sagte Cathy. „Und die Nummer mit dem Schlüsselklau ist ja wohl auch bekannt."

„Es muss jemand sein, den Juan durchlässt", überlegte Mary-Ann laut. „Also einer von uns, im weitesten Sinne."

„Kann man denn nicht über die Mauer klettern?", wollte Bettina wissen.

„Doch, schon. Mit einer Leiter vielleicht. Aber das würde auffallen", räumte Mary-Ann ein.

„Auf jeden Fall ist Carlos frei", jubelte Bettina.

„Miguel", korrigierte Cathy kühl.

Bettina setzte sich im Café an denselben Tisch, an dem sie gestern mit Miguel gesessen hatte. Sie schaute nervös auf die Uhr. Ihr blieben noch genau 36 Stunden Zeit, um Miguel zu finden. Dann flog sie nach Deutschland zurück, und alles war vorbei. Miguel konnte überall sein. Er war wie die sprichwörtliche Stecknadel im Heuhaufen.

Ich bleibe zwei Stunden hier sitzen, dachte Bettina. Wenn er dann nicht vorbeigekommen ist, fahre ich zum Strand. Bettina bestellte sich einen Ananassaft. Ich muss ihn finden. Ich muss ihm alles erklären, wiederholte sie gebetsmühlenartig. Ihr blieb nichts anderes übrig, als die Orte und Plätze aufzusuchen, die sie beide kannten. Wenn Miguel sie noch einmal sehen wollte, würde auch er sie genau dort suchen.

„Alles okay?", erkundigte sich der Kellner, als er ihr das dritte Getränk brachte. Bettina war mehr oder weniger der einzige Gast, und der Kellner hatte alle Zeit der Welt, sie zu beobachten und zu sehen, wie sie Hände ringend nach jemandem Ausschau hielt.

Bettina nickte nur kurz.

Der Kellner wollte wieder in der Bar verschwinden. Da fiel Bettina ein, ihn zu fragen. Vielleicht hatte er Miguel ja heute schon gesehen? Sie stand auf und ging in die Saftbar hinein. Der Kellner stand hinter dem Tresen.

„Haben Sie vielleicht heute Morgen den jungen Mann gesehen, mit dem ich gestern hier war?“, erkundigte sie sich höflich in perfektem und nahezu akzentfreiem Englisch.

Der Kellner sah von der Zeitung auf. „Den *Hispanic?*“

Bettina nickte.

Der Kellner schüttelte den Kopf. „Tut mir Leid.“

Bettina setzte sich wieder hinaus. Noch 25 Minuten. Angestrengt blinzelte Bettina in die Mittagssonne. Die Straßen waren wie leer gefegt. Falls Miguel vorbeikäme, würde sie ihn sofort sehen.

„Was soll das heißen, du bist in ihn verliebt?“ Mary-Ann verstand die Welt nicht mehr.

„Ich war“, betonte Cathy.

Mary-Ann hatte die tagelangen Spannungen zwischen Cathy und Bettina natürlich bemerkt. Bis gestern Abend hatte sie gehofft, die Mädchen würden ihr Problem allein lösen. Bettina fuhr morgen nach Hause zurück. Mary-Ann fand, es war nun höchste Zeit, dass die beiden sich wieder vertrugen. Man trennte sich schließlich nicht im Streit.

Sie betrachtete den braun gebrannten Rücken ihrer Tochter, die die Füße in den Pool baumeln ließ, und setzte sich neben sie.

„Dann ist es also vorbei?“, fragte sie.

Cathy warf ihrer Mutter einen kalten Blick zu. „Ja, du kannst dich beruhigen. Bettina hat ihn mir ausgespannt."

Mary-Ann lachte nervös. „Cathy, Liebes, sei doch froh, dass es sich auf diese Weise geregelt hat. Mit einem Jungen aus einem anderen Kulturkreis, ich meine ... das wäre ohnehin nicht gut gegangen."

Cathy schnaubte verächtlich. Ihrer Mutter fiel wirklich nichts Neues mehr ein.

„Nach allem, was wir wissen, hatte ich jedenfalls Recht", triumphierte Mary-Ann. „Ich habe dir immer gesagt, dass ich deinen Umgang mit diesem Jungen missbillige."

„Wir wissen gar nichts", sagte Cathy. Sie fühlte sich so leer. Ich bin einem Phantom nachgejagt, ich habe mich belügen und betrügen lassen, dachte sie. Traurig fügte sie hinzu: „Er hat mir nicht mal eine Chance gegeben!"

Mary-Ann legte einen Arm um ihre Tochter. „Er ist es nicht wert, dass du so leidest."

Cathy sprang auf. Ihre Mutter hatte wirklich ein Talent, immer das Falsche zu sagen. „Und warum nicht?", fauchte sie.

„Zu einer guten Beziehung von Dauer gehört mehr als Gefühle, glaube mir." Mary-Ann versuchte, ihre Tochter zu besänftigen.

„Ja, ja, ich weiß", schnaubte Cathy. „Der finanzielle Rahmen, blablabla!"

Sie konnte das alles nicht mehr hören. Sie war so wütend auf ihre Mutter. Aber noch mehr auf sich selbst. Dachte und fühlte sie nicht selbst schon genau wie ihre Mutter? War sie selbst es nicht gewesen, die

Bettina dieselbe Schmonzette vorgebetet hatte?

„Warum gehst du nicht öfter mit Howard aus?“, fragte Mary-Ann. „Er mag dich.“

„Ich mag ihn auch, Mama“, sagte Cathy entnervt. „Aber mehr auch nicht.“

Mary-Ann schüttelte den Kopf. „Liebe kann wachsen, wenn man ihr eine Chance gibt.“

Cathy sah ihre Mutter an. Sie fühlte sich ihr fremd. Glaubte ihre Mutter etwa, was sie da sagte?

„Ich habe mich so lächerlich gemacht“, sagte Cathy leise.

Mary-Ann lachte auf. „Jetzt mach aber mal einen Punkt. Cathy Holland kann sich gar nicht lächerlich machen. Zumindest nicht vor einem Miguel Mandingsbums aus Havanna.“

Vor dem vielleicht nicht, aber vor mir selbst, dachte Cathy. Sie hätte ihre Mutter ohrfeigen können. Stattdessen stieß sie sich mit den Fußballen vom Beckenrand ab und glitt ins Wasser. Als sie mit dem Kopf unter die Oberfläche tauchte, schloss sie die Augen. Sie presste die Lider fest aufeinander und hielt sich die Nase zu. Sie wollte nicht weinen.

Als Cathy wieder auftauchte, sah ihre Mutter sie fragend an. „Wo ist Bettina jetzt?“

Cathy zuckte mit den Schultern. Sie hatte genug damit zu tun, die Wut auf sich selbst niederzukämpfen. Wenn sie an ihre Cousine dachte, war sie nur noch verwirrt. Immer wieder musste sie sich klarmachen, dass Bettina diesen Plan ausgeheckt hatte, weil sie selbst von Anfang an auf Carlos stand. „Du musst dich dünne machen“, hatte sie gesagt und: „So werden wir ihn kriegen.“ Das „wir“ in ihrer Aussage war ihr damals nicht aufgefallen, jetzt kam es ihr vor wie der blanke Hohn. Wie hatte sie in diesen Plan nur einwilligen können?

Aber auch in diesem Punkt hatte sie sich ja nicht reinreden lassen wollen. Bea hatte ihr nach dem Tag, als sie in Miami war, um Bettina das Kleid zu kaufen, am Telefon erzählt, wie Bettina sich beim Frisbee-Spiel an Carlos rangeschmissen hatte. Aber Cathy wusste schließlich, dass Bea Carlos nicht mochte. Sie hatte vermutet, dass sie wieder einmal nur schlecht über ihn reden wollte. Sie hatte Bettina vertraut und Beas Worten nicht geglaubt. Sie hatte Bettina von Anfang an gemocht und wäre gern ihre richtige Freundin geworden. Aber die Nummer mit dem Bus und dem heimlichen Treffen am Strand war zu viel gewesen. Bettina hatte ihre Gefühle ausgenutzt, so wie Carlos. Mein Gott, wie konnte man nur so mies sein.

„Wir müssen Bettina suchen", beschloss Mary-Ann.

„O nein", widersprach Cathy. „Ich bestimmt nicht." Gott sei Dank klingelte in diesem Augenblick das Handy ihrer Mutter. Mary-Ann stand auf, nahm den kleinen Apparat von der Liege und setzte sich. Dann drückte sie auf die Hörertaste.

„Holland", meldete sich Mary-Ann. – „Selbstverständlich, Officer. Gibt es denn Neuigkeiten?" Mary-Ann sprang auf. „Das ist ja wunderbar! Ich komme sofort."

Sie beendete das Gespräch per Knopfdruck. „Ich fahre zur Polizei. Sie haben den Typen ausfindig gemacht, der bei Altmans eingebrochen hat. Sie haben in seiner Wohnung jede Menge Schmuck gefunden. Ich soll auf die Wache und prüfen, ob meiner dabei ist." Mary-Ann zuckte mit den Schultern. „Kommst du mit?"

Cathy schüttelte den Kopf.

Mary-Ann verschwand im Haus. Eine Viertelstunde später hörte Cathy das Summen des Garagentors und das Motorengeräusch des Autos ihrer Mutter.

* * *

Bettinas Herzschlag setzte für einen Moment aus. Miguel saß wie in Stein gehauen im Sand. Ihre Knie wurden weich. Konnte sie jetzt einfach zu ihm hingehen und ihn locker begrüßen? Sie spielte verschiedene Dialoge im Kopf durch.

„Hi, Miguel, wie geht's?" Nein, das war unmöglich. Wie sollte es jemandem gehen, der von seinen Freunden für einen Einbrecher gehalten wurde. „Entschuldigung, Miguel, dass ich nicht zu dir gestanden habe." Viel zu schwülstig. Bettina starrte auf Miguels Rücken. Dreh dich um, dreh dich doch bitte um, flehte sie. Aber Miguel spürte ihre Anwesenheit nicht. Er starrte einfach aufs Wasser.

Jeder Schritt bedeutete eine riesige Kraftanstrengung. Bettinas Füße versanken wie in Morast, und es erschien ihr wie ein Wunder, dass sie sich dem Jungen im Sand doch näherte. Sie blieb dicht hinter ihm stehen. Ihre Umrisse warfen Schatten auf Miguel.

„Was willst du?", fragte Miguel plötzlich mit erstickter Stimme.

Bettina erschrak. Die Szene war gespenstisch. „Mit dir reden", sagte sie. „Darf ich mich setzen?"

Miguel blieb stumm.

Bettina setzte sich in zwei Metern Entfernung neben ihn.

„Es gibt nichts zu sagen", stellte Miguel fest. Endlich wandte er ihr den Kopf zu. Bettina erschrak. Miguel hatte gerötete Augen. Er hielt die Lippen aufeinander gepresst. Er trug dieselben Kleider wie gestern Abend bei Bea. Er hatte seitdem anscheinend auch nicht geschlafen.

„Wie lange sitzt du schon hier?"", fragte Bettina.

Miguel zuckte mit den Schultern. „Wer will das wissen?"

Bettina fühlte Wut in sich aufsteigen. Miguel gab sich kein bisschen Mühe, ihr zu helfen. Er machte ganz auf beleidigter Ehrenmann.

„Mein Name ist immer noch Bettina", sagte sie scharf.

„Bist du gekommen, um mir Vorhaltungen zu machen?"

Bettina sprang auf. „Nein. Aber so kann es doch nicht weitergehen, oder?"

Miguel sah zu ihr hoch. „Warum nicht? Du haust doch sowieso morgen wieder ab!"

Bettina atmete tief durch. „Ich haue nicht ab. Ich muss nach Hause, weil am Montag die Schule wieder anfängt."

„Schule!", schnaubte Miguel.

Bettina hockte sich vor Miguel in den Sand. Sie wagte es nicht, ihn zu berühren. „Miguel ..."

Miguel erschrak. „Woher kennst du ...?"

„Der Officer hat es uns gesagt.“

Miguel lachte spöttisch. „Ah ja. Der freundliche Polizist, der mich aus Beas Haus geholt hat wie einen Schwerverbrecher, nachdem ihr ihn in der Küche postiert hattet. Da musste man ja nur noch warten, bis der Verbrecher in die Falle tapste!“ Miguel funkelte Bettina aus schmalen Augen an. „Du bist verdammt mutig, dass du dich hierher traust.“

„Es war nicht meine Idee“, sagte Bettina.

„Aber du hast mitgemacht.“

Bettina ließ den Kopf hängen. Da hatte Miguel Recht. Das war es ja, was ihr zu schaffen machte.

„Geh“, sagte Miguel. „Es gibt nichts mehr zu reden. Ich kann dir nicht vertrauen!“

Bettina war verletzt. Lag Miguel denn gar nichts an ihr? Wusste er nicht, dass sie sich höchstwahrscheinlich ihr ganzes Leben lang nicht wieder sehen würden, wenn sie jetzt aufstand und ging? Warum versuchte er nicht wenigstens, ihr zuzuhören?

„Du und Vertrauen!“, hörte sie sich höhnisch sagen. „Du hast uns alle belogen. Du heißt nicht Carlos. Du wohnst nicht in der St.-Elms-Street. Wenn du behauptest, deinen Onkel anzurufen, wählst du die Nummer von irgendeinem Supermarkt. Wahrscheinlich gibt es deinen blöden Onkel gar nicht. Es gibt auch keine Verlobte, die auf dich wartet, es gibt keine Computerfirma. Du bist kein Juniormanager. Und deine Eltern springen wahrscheinlich quicklebendig hier irgendwo in der Gegend herum.“ Bettina war immer lauter geworden, bis sie Miguel zuletzt regelrecht angebrüllt hatte. Jetzt sprang sie auf. „Ich weiß nichts, aber auch gar nichts über dich. Alles Lügen. Und du sprichst von Vertrauen ...!" Bettina nahm ihren Rucksack, warf ihn über die Schulter und stapfte durch den Sand davon. Die Dünen verschwammen vor ihren Augen, dann kullerten Tränen über ihre Wangen. Da wurde sie am Arm gepackt und festgehalten.

Miguel wirbelte sie herum und zog sie dicht zu sich heran. „Bist du denn so sicher, dass du die Wahrheit wissen willst?"

In Bettinas Ohren klang das wie eine Drohung. Sie nickte.

„Dann komm!" Miguel ging voraus. Bettina hatte Mühe, ihm zu folgen. Miguel ging quer über den Parkplatz und ging ein Stück den Highway entlang. Plötzlich hielt er inne. „Setz dich ins Gras", sagte er. Bettina gehorchte. Miguel streckte den Arm aus und hielt einen Daumen nach oben. Wenige Minuten später hielt ein Pick-up.

„*¿Qué tal?*", fragte der Autofahrer, der sich aus dem Fenster beugte. Miguel antwortete auf Spanisch. Bettina verstand kein Wort. Miguel öffnete die Beifahrertür und hieß sie einsteigen. Erst als sie dicht gedrängt zwischen Miguel und dem Fahrer über den Highway tuckerte, wurde Bettina bewusst, dass sie die Kontrolle über die Situation verloren hatte. Ihr schlug das Herz bis zum Hals.

☀ ☀ ☀

Cathy wurde von einer kalten Hand auf ihrer Schulter geweckt. Sie schnellte von der Liege hoch.

„Howard! Mein Gott, wo kommst du denn her?"

„Es hat niemand aufgemacht. Die Garagentür stand offen. Ich wollte nachschauen, ob alles in Ordnung ist."

Cathy nickte. Es war seltsam, dass ihre Mutter die Garagentür nicht verriegelt hatte. Seit dem Einbruch war sie noch vorsichtiger geworden als sonst. Wahrscheinlich war sie wegen des Anrufs aufgeregt gewesen und hatte es schlicht vergessen.

„Sie haben den Einbrecher wohl gefunden", sagte Cathy. Sie setzte sich noch etwas benommen unter den Sonnenschirm. „Willst du was trinken?"

Howard schüttelte den Kopf. „Wo?"

Cathy zuckte mit den Schultern. „Meine Mutter ist hingefahren, um den Schmuck zu identifizieren."

Howard machte große Augen. „Den Schmuck deiner Mutter haben sie auch?"

„Kann sein." Warum wunderte Howard das so?

Endlich setzte er sich zu ihr und schaute sie zärtlich an. „Ich bin so froh, dass jetzt alles vorbei ist."

„Glaubst du immer noch, dass Miguel was mit dem Einbruch zu tun hat?", wollte Cathy wissen.

„Das spielt keine Rolle. Er hat uns alle belogen. Wir werden ihn hoffentlich nie wieder sehen."

„Und wenn er es nicht war?"

Howard beugte sich über den Tisch zu Cathy hinüber. „Dann ist er immer noch ein Lügner!" Er sah Cathy beschwörend an. „Das darfst du nie vergessen."

Cathy seufzte. „Du hast Recht."

„Wenn du nur früher auf mich gehört hättest, Cathy", sagte Howard. „Dann hätten wir Miguel die Verhaftung vielleicht ersparen können."

Cathy sah Howard fragend an.

„Wir wären ihn früher losgeworden, und er wäre als Tatverdächtiger gar nicht erst in Frage gekommen."

Cathy nickte. „Ja, wenn ..."

„Hallo, Howard!", rief Mary-Ann durch den Garten. Sie stand unter der Terrassenmarkise und winkte den beiden zu. Sie liefen zu ihr hin.

„Und?"

Mary-Ann winkte ab. „Kein einziges Stück von mir dabei", sagte sie und streifte die Schuhe ab. „Mein Gott, ist das heute wieder schwül."

„Heißt das, unser Einbrecher läuft immer noch frei herum?"

„Oder der Altman-Täter hat meinen Schmuck schon verkauft. Sie sind noch dabei, ihn zu vernehmen." Mary-Ann hob die Schuhe auf. „Kinder, ich gehe mich umziehen. Bleibst du zum Essen, Howard? Phil muss jeden Augenblick zurückkommen. Er hat ein paar Tage frei, stellt euch vor!"

Howard sah auf seine Uhr. „Nein, tut mir Leid", sagte er. „Ich habe noch eine Verabredung."

Cathy schaute Howard von der Seite an. Warum tat er so geheimnisvoll? „Mit wem?", fragte sie.

Er gab ihr einen flüchtigen Kuss auf die Wange. „Ich ruf dich an!"

☀ ☀ ☀

„Wohin fahren wir?"

„Es ist nicht mehr weit!"

Bettina saß seit einer halben Stunde stumm zwischen dem Fahrer und Miguel, die sich prächtig über sie hinweg unterhielten. Leider verstand sie kein Wort, und Miguel hielt es nicht für nötig, sie in das Gespräch mit einzubeziehen. Der Fahrer schien ein Landsmann von Miguel zu sein. Er trug schmutzige Arbeitskleider, und weil er ununterbrochen rauchte, hing im Wagen ein Geruch aus Schweiß und Tabak. Bettina hätte am liebsten darum gebeten, sich auf die Ladefläche setzen zu dürfen.

„Was hat der Mann geladen?“, fragte Bettina. Sie musste reden. So würde sich ihre Panik vielleicht in Grenzen halten.

„Gemüse, Obst, was weiß ich“, antwortete Miguel. „Der Mann arbeitet auf den Feldern im Hinterland.“

„Ein Bauer?“

„Landarbeiter. Er kommt nur für die Saison hierher. Danach fährt er wieder nach Hause.“

Bettina nickte.

„Wenn sie geschickt sind, können sie fünfzig bis hundert Dollar am Tag verdienen. Hört sich gut an, was?“ Miguel lachte. Dann wurde er wieder ernst. „Aber die Saison ist kurz, und er hat eine große Familie zu ernähren.“

„Kennst du ihn?“, wunderte sich Bettina.

„Nein, das ist bei allen dasselbe.“

„Warum bleibt er nicht für immer hier? Wie du?“

Miguel lachte bitter. „Du hast keine Ahnung, was? Für die harte Landarbeit braucht man ihn. Ohne Arbeit hat er keine Aufenthaltsgenehmigung mehr. Er wird zum Illegalen. Greifen ihn die Grenzer auf, wird er sofort ausgewiesen.“

Bettina sah aus dem Fenster. Der Pick-up tuckerte gemächlich den Highway entlang. Links und rechts nichts als Wiesen und Felder. Hier und da lagen grasumstandene Seen oder Tümpel, über denen Fischreiher kreisten.

„Es gibt so viel Platz hier", sagte sie.

„Aber nicht für Immigranten."

Bettina dachte an ihren Bruder.

„Es sei denn, er kann sich fünf Jahre hier halten."

Bettina sah Miguel an. „Was ist nach fünf Jahren?"

„Wer bis dahin nicht kriminell geworden ist, kann einen Test in Eglisch und amerikanischer Geschichte ablegen, um die Staatsbürgerschaft zu erhalten."

Bettina dachte daran, wie sich Howard am Strand an Miguel herangeschlichen und ihn erschreckt hatte. „Wie lange bist du schon hier?", fragte sie.

„Ich will kein Amerikaner werden", sagte Miguel. „Ich will, dass es den Leuten in meiner Heimat so gut geht, dass niemand mehr weg möchte."

Bettina sah ihn fragend an, aber Miguel verstummte wieder. Bei jeder Unebenheit auf der Straße wurde Bettina hart von Miguels Schulter gerempelt, aber er machte keine Anstalten auszuweichen. Er wirkte wie ausgestopft.

„Da vorne kannst du uns rauslassen", sagte er plötzlich auf Englisch zum Fahrer.

Bettina schaute durch die staubige Windschutzscheibe. Sie machte in zirka hundert Metern Entfernung eine kleine Siedlung aus, die aus einfachen Häusern und Hütten bestand. Beim Näherkommen erkannte sie Kinder, die mit Tennisbällen Fußball spielten, andere hockten auf der Erde und schoben sich bunte Kugeln zu. Viele alte Männer und Frauen saßen in Grüppchen beisammen und unterhielten sich. Als Miguel und Bettina ausstiegen, sahen sie ihnen entgegen.

„*Hóla, Miguelito*“, grüßte eine zahnlose Alte. Miguel ging zu ihr hin und unterhielt sich mit ihr. Bettina blieb unsicher zurück.

Miguel führte Bettina zwischen den Häusern hindurch. Alle Haustüren standen offen, und immer saß oder hockte jemand davor. Miguel grüßte ununterbrochen. An einem der letzten Häuser in einer lehmigen Straße stieß Miguel eine Holztür auf. Sie musste vor Urzeiten mal gestrichen worden sein. Jetzt war fast die ganze Farbe abgeblättert.

Miguel trat ins Haus und machte Bettina Zeichen ihm zu folgen. Aus dem dunklen engen Treppenaufgang schlug Bettina modriger Geruch entgegen. Was um Himmels willen tue ich hier eigentlich?, schoss es Bettina durch den Kopf, als sie hinter Miguel die unebenen Treppenstufen erklomm. Niemand weiß, wo ich bin. Ich kenne den Jungen vor mir gar nicht. Was, wenn er die Tür abschließt und mich abmurkst?

Am Ende der dunklen Treppe stieß Miguel eine weitere Tür auf und trat in einen lichtdurchfluteten kleinen Raum.

„Kaffee?“, fragte Miguel.

„Lieber Wasser, wenn du hast.“

Bettina sah sich um. Neben einer kleinen Küchenzeile mit Herd, Kühlschrank und Spüle stand ein gigantischer Schreibtisch mit einem großen PC darauf. Neben dem Fenster war ein Regal angebracht, in dem Miguel Kleidung und Bücher stapelte. Der

Boden war nackter Estrich, auf dem sich Laufspuren abzeichneten. In einer Nische unter einem weiteren Fenster lagen Holzpaletten auf dem Boden. Darauf eine Matratze und jede Menge Bücher und Zeitschriften. An einer Wand hing eine kleine Gitarre.

„Spielst du Gitarre?“, fragte Bettina.

Miguel drehte sich zu ihr herum, antwortete aber nicht. Er starrte sie nur feindselig an.

„Du wolltest mir doch was zeigen?“, fragte sie unsicher.

„Ja“, sagte Miguel. Er stand da und nickte mit dem Kopf. „Ja“, wiederholte er immer noch nickend. Mit einem dünnen Lächeln sagte er: „Was meinst du, was ich hier gerade tue?“

Schlagartig begriff Bettina. Miguel zeigte ihr sein Zuhause, den Ort, an dem er schlief und aß, zu dem er zurückgekehrt war, wenn sie sich am Strand voneinander verabschiedet hatten.

Miguel war Bettinas Blicken gefolgt, die den Raum Zentimeter für Zentimeter abtasteten.

„Toll, was?“ sagte er ironisch.

Bettina nahm das Glas Wasser vom Tisch und setzte sich auf den einzigen Stuhl im Raum.

„Also kein Onkel?“, stellte sie fragend fest.

„Kein Onkel. Keine Firma. Kein Carlos!“, sagte Miguel scheinbar amüsiert. „Ich habe euch alle an der Nase herumgeführt, euch den perfekten amerikanischen Traum vorgespielt – und“, fügte er triumphierend hinzu, „ihr seid alle drauf reingefallen!“

Bettina schüttelte den Kopf. „Einfach so?“

Miguel verlor jetzt fast die Beherrschung. Er stürzte auf sie zu. „Einfach so? Wie naiv bist du eigentlich? Was hättest du denn an meiner Stelle getan?"

Bettina sprang wütend auf. „An deiner Stelle? Ich weiß überhaupt nicht, wer du bist, was du machst, was das alles soll! Nenn es von mir aus naiv, na und! Wie soll ich mich in deine Lage versetzen, wenn du mich von vorne bis hinten belügst?"

Miguel und Bettina standen sich dicht gegenüber. Ihre Beine waren fest in den Boden gestemmt, beider Oberkörper leicht vorgebeugt. So standen sie da und schrien sich an. Bis Miguel förmlich zusammenbrach. Alle Anspannung wich von einer Sekunde auf die andere aus seinem Körper. Er sank in sich zusammen und fiel auf den Matratzenrand. Dort blieb er im Schneidersitz sitzen und sprach mit gesenktem Kopf.

„Es war keine Absicht", sagte er leise. „Ich meine ... es ist passiert ... es war wie ein Strudel, der mich mit sich fortgerissen hat ..." Er sah auf. Bettina verstand kein Wort. „Ich bin schon dreimal als Illegaler mit meinem Onkel nach Florida gekommen. Wir sind jedesmal nach wenigen Wochen harter Arbeit wieder zurück nach Hause. In diesem Jahr, im Februar, bin ich wiedergekommen. Allein. Ich bin legal, weil ich einen kleinen Job bei *Radio Marti* habe."

Bettina setzte sich erschöpft zurück auf den Stuhl. „*Radio Marti*?"

„Ja", sagte Miguel. „Das ist der exilkubanische Radiosender in Florida. Wird bei uns zu Hause viel gehört. Ich mach da nichts Großes. Ich schneide Berichte zusammen und helfe im Archiv."

Bettina schloss erleichtert die Augen.

„Davon kann ich aber nicht leben", fuhr Miguel fort.

Bettina seufzte. Was kam jetzt? Würde Miguel gleich den Schmuck von Tante Mary-Ann unter seiner Matratze hervorziehen?

„Zumindest nicht so, wie ich will. Ich hänge hier in dem Loch rum und esse bei Tante Rosa."

Miguel stand auf. Er nahm eine Fotografie vom Schreibtisch und zeigte sie Bettina. „Das sind meine Brüder und Schwestern. Meine Mutter."

Bettina betrachtete das kleine verknitterte Farbfoto.

„Mein Vater hat seinen Job in der Zigarrenfabrik verloren, weil sie dichtgemacht hat. Ich will nicht zurück. Nicht bevor ich etwas erreicht habe."

Bettina sah Miguel an. Er stand dicht vor ihr und gestikulierte. Seine Augen, der Mund, die Stirn, alles in seinem Gesicht war in Bewegung. Sein ganzer Körper sprach. Bettinas Wut und Angst waren wie weggeweht. Sie schaute Miguel an und fand ihn einfach nur schön.

„Ich will Politik studieren und als Redakteur bei *Radio Marti* arbeiten. Dafür brauche ich ein Stipendium." Miguel fuhr sich mit den Händen durch die Haare. „Die Stiftung, die die Stipendien vergibt, will eine Reportage. Wenn die gut ist, kriege ich das Studium bezahlt."

Bettina nickte, obwohl das alles für sie immer noch keinen rechten Sinn ergab.

„Als ich Cathy und die anderen am Strand Frisbee spielen sah, kam mir die Idee. Eine Reportage über das Leben der Kids in Palm Beach, gegengeschnitten mit Originaltönen von Kindern kubanischer Einwanderer, die meistenteils im Elend leben. Das wär's doch, dachte ich. Das wäre der Knaller, der alle umhaut, der mir das Studium ermöglicht."

Bettina schloss die Augen und atmete tief durch. Sie lachte erleichtert. „Das hättest du ihnen doch sagen können", sagte sie.

Miguel zog die Mundwinkel verächtlich nach unten. „Was? Dass ich ein armer Einwandererjunge bin und mal eben für ein paar Wochen beobachtend an ihrem Leben teilnehmen will? Weil ich sonst leider keine Reportage über sie und ihren Reichtum machen kann, demzufolge auch nicht studieren werde und wieder ins kubanische Elend zurückmuss?"

Bettina überlegte. Das war wirklich schwer vorstellbar.

„Cathy hat so viel Geld, sie hat jeden Bezug zur Realität verloren. Sie und ihre Freunde hätten sofort Panik bekommen und geglaubt, ich wollte sie ausrauben!"

„Das tun sie jetzt auch", sagte Bettina.

„Sie? Oder ihr? Glaubst du das nicht auch?"

Als Bettina nicht antwortete, sprang Miguel auf, langte ins oberste Fach seines Regals und zog eine Plastiktüte herunter. Er schüttelte ihren Inhalt auf den Fußboden.

„Was ist das?", wollte Bettina wissen. Sie zeigte auf das Durcheinander vor ihren Füßen.

„Geschenke." Miguel ging in die Hocke und hob jedes Teil einzeln auf. „Diese Uhr hat mir Cathy vor zwei Wochen geschenkt. Was glaubst du, was die wert ist?"

Bettina zuckte mit den Schultern. „Keine Ahnung."

„Viel", sagte Miguel. „Diesen Sweater hat sie selbst auch. Sie fand, es wäre eine gute Idee, im Partnerlook herumzulaufen." Miguel lächelte müde. „Ein Kaleidoskop, ein Freundschaftsband, ein Käppi ... Das T-Shirt kennst du ja."

„Das hat Cathy dir alles geschenkt?"

Miguel nickte. „Ich werde es nie anziehen oder gebrauchen. Es bedeutet mir nichts." Er sah Bettina fest an. „Du hast meine Frage noch nicht beantwortet."

Bettina begann nervös auf und ab zu gehen. Miguel hatte Recht. Es war nicht in Ordnung, die anderen zu beschuldigen. Sie hatte ihn auch verdächtigt.

Gerade eben noch hatte sie ihn in Gedanken Schmuck in Millionenwert hervorzaubern sehen. Sie hielt den Kopf gesenkt, als sie sprach. „Ich war total verunsichert. Die anderen haben mir ständig von kriminellen Kubanern erzählt, die alles Mögliche tun. Du hast dich so ... so verdächtig benommen."

„Weil ich nicht tolle Klamotten anhabe wie die anderen?"

„Das habe ich auch nicht", sagte Bettina. „Ich war in der St.-Elms-Street, weil ... Ich weiß gar nicht, warum. Ich bin spazieren gegangen und stand plötzlich vor dem Haus, das du Cathy gezeigt hattest. Ich war allein und hätte dich einfach gern gesehen ..."

Miguel sah schweigend aus dem Fenster.

„Die komische Anmache zwischen dir und Cathy, die falsche Telefonnummer ...“

Miguel drehte sich herum. „Welche Telefonnummer?“

„An dem Tag, an dem wir grillten. Du hast von Howards Handy aus deinen so genannten Onkel angerufen um zu fragen, ob du länger bleiben kannst.“

Miguel dämmerte es. „Und Howard hat die Wiederwahl-Taste gedrückt.“ Er schlug sich mit der flachen Hand vor die Stirn. „Ich Idiot. Daran habe ich nicht gedacht.“

„Howard hat Cathy erzählt, du hättest keine Ahnung von PCs oder Software.“

„Das war der Fehler in meiner Geschichte. Wenn man undercover arbeitet, muss man bei allem, was man erfindet, sicher sein. Als ich merkte, dass ich Cathy noch nicht mal erklären kann, warum ich kein Frisbee spiele, wusste ich, wie anders ich bin als sie. Ich hatte einfach Angst, sie würden mich stehen lassen, wenn ich die Wahrheit sage, und denken, ich sei ein gottverdammter Penner.“

„Warum hast du Cathy nicht aus dem Spiel gelassen?“

Miguel verschränkte die Arme hinter dem Kopf. „Mein Gott, ich habe es versucht. Ich wollte sie links liegen lassen, aber sie hat mich ständig provoziert.“

„Du hättest ihr keine Hoffnungen machen dürfen.“

„Hoffnungen? Ich habe ihr keine Hoffnungen gemacht. Ich war einfach nur da. Was kann ich dafür, dass sie glaubt, alles und jeden haben zu können?“

Miguel hockte sich wieder auf die Matratze.

„Außerdem war sie die Einzige, die mich mochte. John und Bea habe ich eigentlich gar nicht kennen gelernt. Sie waren immer so für sich.“ Miguel ließ sich zurückfallen und stierte an die Decke. „Und Howard konnte mich nicht ausstehen. Er hat mir von Anfang an misstraut und jede Gelegenheit genutzt, um mich lächerlich zu machen.“ Miguel sprang auf und hockte sich vor Bettina. „Was wäre deiner Meinung nach passiert, wenn ich Cathy gesagt hätte: He, Cathy, ich steh nicht auf dich, lass uns gute Kumpels bleiben?“ Er stand auf und gab sich selbst die Antwort. „Das wäre das Aus gewesen. Das Aus für meine Reportage und meine Zukunft als Student.“

Vielleicht, dachte Bettina, vielleicht aber auch nicht. Miguel hätte den anderen reinen Wein einschenken müssen. Sie setzte sich.

„Cathy mochte dich so sehr, sie wollte mit dir zusammen sein. Und ich glaube, sie meinte es verdammt ernst.“

Miguel hockte sich neben Bettina aufs Bett und atmete tief durch. Als er sie anschaute, sah er müde aus. Er sprach jetzt leise und langsam. „Sie hat sich für alles gerächt. Und zwar aufs Feinste. So was kann einem wie mich die Existenz kosten. Es hätte nicht viel gefehlt, und die Cops hätten mich gleich in den Flieger gesetzt. Mein Freund Pablo konnte Gott sei Dank bezeugen, dass ich den Einbruch bei Hollands gar nicht verübt haben konnte, weil ich in der Redaktion bei *Radio Marti* war.“

„Bei den Nachbarn von Cathy wurde auch eingebrochen. Nach demselben System, mit nachgemachten Schlüsseln und so. Wieder wurde nur Schmuck gestohlen."

„Wann?", wollte Miguel wissen.

„Als du von den Cops verhört wurdest. Sie glauben, dass es sich um denselben Täter handelt, und haben auch schon eine Spur."

Miguel strich sich übers Kinn. Sie sahen sich schweigend an.

„Du erinnerst mich an meinen Bruder", sagte Bettina nach einer Weile.

„Ich kenne deinen Bruder gar nicht", sagte Miguel trotzig.

„Das macht nichts. Weißt du, wir haben auch nicht gerade viel Geld zu Hause. Okay, das ist nicht mit deiner Situation zu vergleichen. Wir haben genug zu essen und eine Wohnung und so weiter. Aber wir können uns vieles nicht leisten. Zum Beispiel teure Ausbildungen oder schicke Ferienreisen."

„Immerhin bist du jetzt hier", sagte Miguel.

Bettina lachte. „Was meinst du, welches Theater das war. Thomas hat sich vielleicht aufgeführt. Er hat mich behandelt wie eine Verräterin. Für ihn sind alle Amerikaner perverse Kapitalistenschweine. Er verurteilt das System und alle Menschen, die sich darin behaupten."

„Sympathisch, dein Bruder!"

„Sympathisch? Ich finde das ziemlich bescheuert. Ein System oder die Wirtschaft verurteilen und bekämpfen ist eine Sache. Aber meinst du, ihr ändert etwas, wenn ihr Leute wie Cathy oder ihre Clique verurteilt, nur weil sie mehr Geld haben als ihr?"

Miguel hob die Schultern.

„Cathy hat auch ihre Probleme, glaub mir. Sie ist kein Geld spuckendes, Männer fressendes Monster. Ich glaube, sie kann ein echter Kumpel sein."

„Du siehst die Sache mit dem Herzen."

Bettina seufzte. „Kann sein. Am Anfang war es schon komisch für mich in dem tollen Haus und umgeben von all diesen Reichtümern. Aber Cathy und ihre Eltern waren nett zu mir, bis ..."

„Bis?"

Bettina richtete sich auf. „Na ja, bis zu der Sache mit dir eben ..."

Bettina spürte, wie Miguel mit den Augen jeden Millimeter ihres Gesichts abtastete. Ihre Haut brannte.

„Guck nicht so", sagte sie.

Miguel stand auf. Er nahm sie bei den Händen und zog sie hoch. Er nahm ihren Kopf in die Hände und küsste sie auf die Stirn. Sein Kinn berührte Bettinas Nase, und sie legte unwillkürlich den Kopf ein wenig schief. Fast berührte sie mit den Lippen seinen Hals. Sie schloss die Augen.

Miguel flüsterte ihr ins Ohr. „Ich schaue dich an, weil du so klug und wunderschön bist und weil ich gar nicht anders kann und weil deine Augen nicht lügen können und ich in ihnen lesen kann und ich von Anfang an wusste, wer du bist, und weil du dich wie eine Katze bewegst und ..."

Bettina schob den Kopf eine Winzigkeit nach oben und legte ihre Lippen an Miguels Hals. Er verstummte und küsste sie zärtlich auf die Schläfe. Bettina hob ihre Arme und legte sie um seine Taille. Sie spürte seine warme Haut unter dem T-Shirt.

„Und wenn du schläfst, siehst du aus wie ein Engel."

„Wenn ich schlafe?" Bettina schaute Miguel verwundert an.

„Als du mich zu Cathy geschickt hast, bin ich eine Stunde völlig fertig einfach nur herumgelaufen. Ich konnte nicht begreifen, wie du das hast tun können. Ich dachte, du hättest gespürt ... wie sehr ich dich mag."

Bettina schmiegte sich wieder an Miguel. „Das habe ich auch."

„Ich bin dann irgendwann wieder zurückgekommen und wollte mit dir reden. Du hast geschlafen. Du sahst so zufrieden und na ja, eben wie ein Engel aus. Ich wollte dich nicht wecken."

Minutenlang standen sie nur da und hielten sich fest.

„Ich will dich nie wieder anlügen", sagte Miguel leise. „Kannst du mir verzeihen?"

Bettina nickte. „Du mir auch?"

Miguel nahm sie fest in die Arme. Minutenlang standen sie einfach nur da, mitten in dem kleinen schäbigen Zimmer. Sie streichelten sich gegenseitig über den Rücken. Und dann endlich suchten Miguels Lippen Bettinas Mund. Langsam, forschend hauchte er seinen heißen Atem über ihr Gesicht, und als er seine trockenen Lippen auf ihre legte, liefen ihr warme Schauer über den Rücken. Immer und immer wieder küssten sie sich. Zwischendurch hielten sie wie auf ein geheimes Zeichen hin inne und schauten sich an. Verwundert, verzaubert und erstaunt darüber, dass plötzlich alles so klar und einfach war.

Bettina und Miguel. Miguel und Bettina. Sie beide gehörten zusammen.

„Ich muss gehen", flüsterte Bettina.

Miguel nickte stumm. „Ich weiß. Hör zu." Miguel kämmte Bettina mit den Händen die Locken aus dem Gesicht. „Ich will mich nicht jetzt schon von dir verabschieden. Noch nicht. Ich komme heute Abend zu Cathy."

Als Bettina etwas sagen wollte, legte Miguel ihr den Zeigefinger auf die Lippen.

„Keine Widerrede. Ich will mit Cathy reden und dich noch einmal sehen, bevor du nach Hause fliegst."

☀ ☀ ☀

Cathy sah Howard nach, wie er durch die Garage verschwand. Irgendetwas stimmte mit ihm nicht. Ein spitzer Schrei ihrer Mutter schreckte Cathy aus ihren Gedanken.

„Mum?" Cathy trat gerade ins Wohnzimmer, als ihre Mutter ihr entgegenkam. Sie sah aus, als hätte sie gerade eine unheimliche Begegnung mit mindestens einem Marsmenschen gehabt.

„Was ist los?", fragte Cathy besorgt.

Statt zu antworten bewegte Mary-Ann ihre Hände. Erst jetzt bemerkte Cathy die Schatulle.

„Wo kommt die denn her?"

Mary-Ann starrte die Schatulle an, als hätte sie sie nie zuvor gesehen.

„Sie stand im Kleiderschrank, dort, wo sie immer war."

Cathy sah ihre Mutter streng an. „Mum!"

Mary-Ann blickte auf und bemerkte den ungläubigen Blick ihrer Tochter.

„Cathy. Ich schwöre dir. Erst war sie weg. Jetzt ist sie wieder da. Wie von Geisterhand. Ich kann mir das auch nicht erklären."

Cathy wusste, dass die Schmuckschatulle ihrer Mutter üblicherweise gut sichtbar in Augenhöhe in dem Fach stand, in dem ihre Mutter sorgsam gestapelt Schals und Tücher aufbewahrte.

„Und heute Morgen war sie noch nicht da?", vergewisserte sie sich.

Mary-Ann schüttelte den Kopf. „Als ich mich heute Morgen angezogen habe, nicht, und auch nicht, als ich mich zur Fahrt in die Stadt umgezogen habe. Ich hätte sie doch gesehen."

Cathy überlegte. „Demnach muss sie zwischen deinem Besuch bei der Polizei und jetzt irgendwie dorthin gekommen sein."

Cathy nahm ihrer Mutter das Leder-Kästchen aus der Hand. Sie stellte es auf den Esstisch und öffnete es. Sie nahm die Geldscheine heraus und zählte sie. Danach begutachtete sie den Schmuck.

„Scheint alles da zu sein. Sogar die Kohle stimmt."

„Verstehst du das?", fragte Mary-Ann.

Cathy schaute ihre Mutter an ohne sie zu sehen. „Ich muss mal eben weg", sagte sie.

„Wieso ... Ich meine ..." Mary-Ann schaute ihrer Tochter nach, die mit dem Schmuckkasten unterm Arm im Laufschritt in ihr Zimmer eilte. Keine zwei Minuten später hörte sie die Haustür schlagen und den Motor von Cathys Cabrio aufheulen.

Cathy war so aufgeregt, dass sie den ersten Gang nicht auf Anhieb fand. Das Getriebe knirschte. „Na warte“, zischte Cathy. Sie gab Gas, und der Motor heulte auf. Eigentlich hätte sie die paar Meter gut zu Fuß laufen können. Aber sie konnte es einfach nicht abwarten. Sie hielt mit quietschenden Bremsen und sprang aus dem Wagen. Sie drückte den Klingelknopf und wartete.

„Na komm schon“, presste sie hervor. Endlich öffnete jemand die Tür.

„Oh“, machte Howard, als er Cathy vor sich stehen sah.

Cathy hielt ihm wortlos die Schmuckschatulle entgegen.

„Oh“, machte Howard wieder.

„Mehr fällt dir dazu nicht ein?“

Cathy drückte sich an Howard vorbei ins Haus. „Bist du allein?“

Er nickte.

„Dann können wir also offen reden?“ Sie ging in Howards Zimmer.

Er lächelte nervös, als er ihr folgte. „Was soll das? Ich verstehe kein Wort.“

„Dann will ich es dir erklären.“ Cathy ließ sich auf Howards Sofa fallen. „Meine Mutter ist heute Morgen um acht Uhr aufgestanden, um sich anzuziehen. Gegen elf erhielt sie einen Anruf. Sie sollte auf die Polizeistation kommen, der Schmuck sei gefunden worden. Sie zog sich um. Weder um acht Uhr noch um elf Uhr stand der Schmuck im Schrank. Als sie gegen zwölf zurückkam und sich abermals umzog, war er plötzlich da.“

Howard rieb sich das Kinn. „Das ist merkwürdig."

Cathy fuhr unbeirrt fort. „In der Zeit zwischen elf und zwölf war niemand im Haus außer mir – und dir."

„Du hast geschlafen", gab Howard zu bedenken. „Jeder, der einen Schlüssel hat, hätte hineinspazieren und den Schmuck zurückbringen können."

Cathy nickte. „Aber nicht für jeden macht das einen Sinn. Wer verübt schon einen Einbruch, nur um nachher die Beute zurückzubringen?"

Howard schüttelte den Kopf. „Was weiß ich. Miguel zum Beispiel. Ihm ist die Sache vielleicht zu heiß geworden."

„Hör doch auf", sagte Cathy. Sie spürte, dass sie ihre Wut kaum noch bändigen konnte. Sie schrie Howard an. „Du warst es. Du wolltest, dass der Verdacht auf Miguel fällt, damit ich ihn mir endlich aus dem Kopf schlage. Wahrscheinlich stecken auch noch deine Eltern dahinter."

„Hirngespinste! Du kannst nichts davon beweisen."

„Und die Sache bei Altmans? Geht das auch noch auf dein Konto?"

Howard schüttelte nur den Kopf.

Plötzlich war Cathys Wut verpufft, und zurück blieb eine tiefe Traurigkeit. „Beweisen will ich gar nichts. Es reicht, dass ich es weiß." Sie spürte, wie ihr die Tränen kamen. In weniger als achtundvierzig Stunden hatte sie den Traum von ihrer großen Liebe verloren, eine Cousine und jetzt auch noch einen Freund. Sie fühlte sich schrecklich einsam. Alle hatten sie angelogen. Niemandem konnte sie vertrauen. Sie stand auf und schaute Howard durch tränennasse Augen an. „Sag mir doch die Wahrheit“, flehte sie fast.

Howard wandte sich ab.

Cathy ließ die Schultern sinken, nahm die Schatulle und ging zur Tür. Doch bevor sie den Raum verließ, hörte sie Howard sagen: „Du hast Recht, Cathy.“ Cathy atmete hörbar aus. „Ich wollte, dass du endlich damit aufhörst, hinter Carlos, ich meine Miguel herzurennen ... Deshalb habe ich den Schmuck von deiner Mutter genommen.“

Cathy drehte sich zu Howard um. Sie schüttelte ungläubig den Kopf. Es stimmte also.

„Ich weiß, dass ich damit alles kaputtgemacht habe“, sagte Howard.

„Warum nur ist alles so verworren?“, fragte Cathy. Sie fasste sich mit beiden Händen an den Kopf. Howard sah sie bestürzt an.

„Wenn ich gewusst hätte, was ich damit anrichte ...“, sagte er.

Cathy ließ sich mit dem Rücken matt gegen die Wand sinken. Howard stand verloren in dem großen Zimmer und sprach wie zu sich selbst. „Ich war einfach blind vor Liebe. Ich wusste nicht mehr, was ich tat. Ich bin fast wahnsinnig geworden bei dem Gedanken, dass du nur an ihn und immer an ihn denkst. Seit wir ihn kennen, bin ich Luft für dich. Ich habe das nicht verstanden, denn ich ...“ Howard hielt inne. „Als ich merkte, dass du es mit Carlos ernst meinst, habe ich die Kontrolle verloren. Ich stellte mir vor, er würde mit seinen Lügen so weit gehen – ich weiß nicht –, dich zu heiraten oder so." Howard ging nervös auf und ab. Dann lehnte auch er sich gegen die Wand und schaute zur Decke. „Mit meinen Eltern hat das Ganze nichts zu tun. Es ist nicht so, wie du denkst."

„Und die Sache bei Altmans? Warst du das auch?", fragte Cathy.

„Nein, damit habe ich nichts zu tun. Das war purer Zufall, Trittbrettfahrer, was weiß ich."

Cathy sah Howard an. Sein Kinn war unrasiert, und sie konnte deutlich die Anspannung der letzten Tage in seinem Gesicht lesen.

„Ich bin froh, dass du mir die Wahrheit gesagt hast", sagte sie.

Howard lächelte müde. „Ich bin ein Idiot. Ich habe gedacht, ich könnte die Gefühle bei dir erzwingen."

Cathy hatte aufmerksam zugehört. Jetzt stieß sie sich von der Wand ab. „Hast du dir mal überlegt, was wir Miguel damit angetan haben?"

Howard presste die Lippen aufeinander. „Es tut mir Leid ... Ich bin durchgedreht ... An Miguel hab ich dabei gar nicht gedacht. Hoffentlich verzeiht er mir."

„Okay", sagte sie leise. „Ich geh dann mal."

Howard öffnete ihr die Tür und trat mit ihr hinaus in die Sonne.

„Meinst du, wir könnten ..." Howard suchte nach den richtigen Worten. „... wir könnten irgendwie von vorne anfangen?"

Cathy sah zu Boden. Sie war verwirrt und gleichzeitig erleichtert, weil sich die ganze vertrackte Angelegenheit langsam klärte.

„Dazu ist es zu früh, Howard. Ich muss mit Bettina reden, und wir müssen dringend Miguel finden."

„Was ist hier eigentlich los, Cathy?“ Mary-Ann hatte ungeduldig auf ihre Tochter gewartet, nachdem sie so überstürzt weggefahren war. Auf ihrer Stirn stand eine tiefe Sorgenfalte.

„Nichts, Mum.“

„Du siehst blass aus. Stimmt etwas nicht?“

Cathy fuhr sich mit den Händen in den Nacken.

„Soll ich Doctor Vance anrufen? Er kann einen Masseur vorbeischicken.“

Cathy schüttelte den Kopf.

„Warum hast du den Schmuck mitgenommen? Und wo warst du überhaupt?“

Cathy streifte die Schuhe ab. „Mum, ich muss mich etwas hinlegen. Ich bin todmüde.“

„Ich gehe erst, wenn du mir sagst, wo du eben warst.“

„Bei Howard. Ich hatte da so eine Vermutung ...“

„Und?“

Cathy winkte ab. Sie hatte nicht vor, ihrer Mutter die ganze verzwickte Angelegenheit jetzt zu erklären. „Nichts und. Es war ein Hirngespinst.“

Mary-Ann schüttelte den Kopf. „In letzter Zeit wimmelt es hier ja nur so von Hirngespinsten.“ Sie schaute an die Zimmerdecke, als überlegte sie angestrengt. Dann begann sie aufzuzählen: „Die Verdächtigung und Verhaftung dieses kubanischen Jungen ..."

Cathy fiel ihr sofort ins Wort. „Hör auf, Mum, bitte." Sie hielt sich die Ohren zu.

Mary-Ann zuckte mit den Schultern und wandte sich abrupt zum Gehen.

Kaum hatte ihre Mutter das Zimmer verlassen, ließ sich Cathy auf ihr Bett fallen und begann zu weinen. Die geballte Anspannung der letzten Tage explodierte in einem Weinkrampf. Ihr ganzer Körper zitterte und zuckte. Erst allmählich gelang es ihr, sich zu beruhigen und ihre Stimme wieder zu finden. Als sich Cathy erhob, um im Badezimmer ein paar Papiertücher zu holen, war ihr Kopfkissen tränennass. Das Gesicht brannte, ihre Lippen schmeckten salzig, die Augen waren rot und verquollen. Cathy schnäuzte sich kräftig. Dann ließ sie das kalte Wasser laufen, hielt einen Waschlappen darunter, legte sich zurück aufs Bett und breitete den Waschlappen über Augen und Stirn. Sie zwang sich daran zu denken, was sie Miguel angetan hatte, obwohl sie sich unendlich dafür schämte. Sie war um nichts besser als Howard. Sie beide waren sich einig gewesen, dass Miguel der Täter war, sie hatten sich gegen ihn verschworen. Sie mussten Miguel unbedingt finden und versuchen, die Sache wieder gutzumachen.

Mary-Ann sprang von ihrem Lesesessel auf. „Bettina! Endlich! Ich habe mir solche Sorgen gemacht. Wo warst du denn den ganzen Tag?"

Bettina strahlte. „Ich muss mich doch verabschieden. Schließlich fliege ich morgen nach Hause."

„Darüber scheinst du dich ja regelrecht zu freuen", erwiderte Mary-Ann.

Bettina umarmte ihre Tante. „Nein. Ich bin traurig. Tieftraurig. Ich möchte so gern noch bleiben. Aber trotzdem könnte ich die ganze Welt umarmen!" Bettina juchzte.

Mary-Ann trat einen Schritt zurück und betrachtete ihre Nichte aufmerksam. „Wirst du jetzt auch noch verrückt?"

„Verrückt? Ja, vielleicht bin ich verrückt. Keine Ahnung." Bettina nahm ihren Rucksack und tänzelte zum Wohnzimmer hinaus.

„Gleich gibt's Essen!"

„Okay, ich ziehe mich nur schnell um!"

„Und sag Cathy Bescheid. Sie ist in ihrem Zimmer."

Bettina schloss die Tür hinter sich und lehnte sich dagegen. Ihr Herz schäumte über vor Glück. Sie dachte keinen Moment daran, dass sie sich spätestens heute Abend von Miguel würde trennen müssen. Das Einzige, was zählte, war, dass sie ihn getroffen hatte. Dass sie wusste: Er ist kein Einbrecher. Dass ihr Gefühl sie nicht getäuscht hatte.

Vor dem geöffneten Kleiderschrank fiel ihr Blick auf das schöne Kleid, das Cathy ihr geschenkt hatte. Sie war ihrer Cousine nicht mehr böse. Es tat ihr vielmehr Leid, dass sie so gekränkt und verletzt war. Bettina nahm das Kleid vom Bügel und zog es an. Dann steckte sie sich die Haare zu einem Knoten zusammen, schlüpfte in ihre Sandalen und verließ das

Zimmer. Leise klopfte sie an Cathys Tür. Als niemand antwortete, drückte sie die Klinke langsam herunter. Cathy lag im Bett, mit dem Gesicht zur Wand.

„Cathy? Kommst du essen? Wir warten auf dich."

Cathy antwortete vom Bett aus. „Ich komme." Weil sie aber reglos liegen blieb, schloss Bettina die Tür ebenso leise, wie sie sie geöffnet hatte, und ging ins Wohnzimmer.

„Bettina, komm zu uns. Was willst du trinken?" Phil stand an der kleinen Bar im Wohnzimmer und mixte sich einen Drink. Bettina setzte sich aufs Sofa. „Orangensaft."

Als Onkel Phil ihr das Glas entgegenhielt, pfiff er durch die Zähne. „Du siehst ja toll aus. Was hast du gemacht? Warst du beim Friseur?"

Bettina lächelte verlegen. „Nein. Es ist vielleicht das Kleid. Cathy hat es mir geschenkt."

Phil nickte viel sagend. „Cathy hat einen guten Geschmack, das muss ich sagen. Du siehst aus wie eine richtige Lady."

„Danke!"

Mary-Ann setzte sich neben Bettina. Sie legte freundschaftlich einen Arm um sie. „Vielleicht macht das auch das Klima. Du solltest öfter kommen."

Bettina lächelte dankbar. „Nett, dass du das sagst. Ich würde wirklich gern wiederkommen." Sie senkte den Kopf.

„Na, das klingt ja nicht gerade überzeugend", feixte Onkel Phil.

„O doch. Das stimmt. Es war wunderbar, fantastisch bei euch." Bettina sah unsicher zur Wohnzimmertür. „Ich weiß nur nicht, ob Cathy das auch gut findet."

Phil und Mary-Ann sahen sie fragend an. Bettina überlegte kurz. Was hatte sie schon zu verlieren. Cathy war ohnehin sauer auf sie. Ob sie Phil und Mary-Ann jetzt alles erzählte oder nicht, machte wahrscheinlich keinen Unterschied mehr. „Wisst ihr, ich habe mich verliebt."

Mary-Ann lachte auf. „Hab ich's mir doch gedacht. Wer so strahlt, der muss einfach verliebt sein."

„Das Problem ist nur, dass Cathy in denselben Jungen verliebt ist, besser gesagt: war." Bettina war froh, dass es raus war.

„Jaja, ich weiß." Mary-Ann war aufgestanden. „Ich genehmige mir auch einen Drink."

„Du wusstest das schon?" Bettina war ehrlich erstaunt.

„Cathy hat mir davon erzählt. Aber weißt du, ich nehme das nicht so ernst. Sie macht sich schreckliche Sorgen, weil sie glaubt, sich vor diesem Miguel lächerlich gemacht zu haben."

„Deshalb ist sie auch so verletzt."

Mary-Ann nahm wieder Platz. „Aber ich bitte dich, Betty. Da muss unsere Cathy den Kopf einschalten. Das wäre ohnehin nichts geworden, und das habe ich ihr auch gesagt."

„Ich verstehe nur Bahnhof", sagte Onkel Phil.

Mary-Ann trat zu ihrem Mann und tätschelte ihm die Wange. „Das macht nichts, Schatz. Ich erkläre es dir später."

„Cathy glaubt, ich hätte ihr Miguel ausgespannt. Aber so war es nicht. Ich habe versucht, mich dagegen zu wehren, nur ...“ Bettina wusste nicht, wie sie erklären sollte, was ihr selbst unerklärlich war. „Wir haben uns gesehen und ...“

Mary-Ann lachte. „Klarer Fall von Liebe auf den ersten Blick, was?“

Im Gegensatz zu der Vorstellung, dass ihre Tochter etwas mit einem *Cubano* anfangen könnte, die ihr unter Garantie schlaflose Nächte bereitet hätte, schien sie an einer Verbindung zwischen ihrer Nichte und demselben Jungen nichts Außergewöhnliches zu finden.

Bettina seufzte. „Ich würde mich so gern mit Cathy aussprechen. Ihr alles erklären. Aber sie hält mich für gemein und hinterhältig und will nichts hören.“

„Können wir euch helfen?“ Phil wusste zwar nicht, worum es ging, aber er war in jedem Fall dafür, dass sich Bettina und seine Tochter verstanden.

„Ich glaube, das können wir nur allein hinkriegen.“

Mary-Ann nippte an ihrem Glas. „Wir wollten heute Abend ohnehin ins Kino, stimmt's, Phil?“

Phil sah seine Frau erstaunt an. Dann kapierte er. „Ja, stimmt. Hatte ich ganz vergessen.“

Bettina lächelte. „Ihr seid echt nett. Vielleicht redet Cathy wirklich mit mir, wenn wir mal ganz allein sind.“

„Hauptsache, sie kommt bald zur Vernunft.“

Während des Abendessens herrschte eine ruhige, aber angespannte Stimmung. Cathy sah kaum von ihrem Teller auf, lugte nur hie und da verstohlen zu Bettina herüber. Jedes Mal, wenn sich ihre Blicke kreuzten, schlug sie die Augen nieder und schaute wie gebannt auf die Tischdecke. An den belanglosen Gesprächen, die die anderen führten, beteiligte sie sich mehr schlecht als recht.

Bettina bekam kaum einen Bissen herunter. Sie war hin- und hergerissen zwischen dem Wunsch, endlich mit Cathy allein zu sein, und der Panik, die sie überfiel, wenn sie sich die Situation konkret ausmalte. Schließlich räumte Fernanda den Tisch ab. Bettina sah, wie Mary-Ann ihrem Mann kurz zunickte. Er rückte seinen Stuhl zur Seite.

„Cathy, Liebes, deine Mum und ich fahren in die Stadt. Wir gehen ins Kino. Ihr kommt ja sicher allein zurecht, oder?“

Cathy nickte abwesend. Mary-Ann drückte ihr einen Kuss auf die Stirn und flüsterte. „Reiß dich zusammen, Kleines.“ Dann zwinkerte sie Bettina zu, nahm ihren Mann bei der Hand und verließ mit ihm gemeinsam das Haus.

Kaum hörten sie die Tür ins Schloss fallen, schob Cathy den Stuhl zurück und sah Bettina an. Bettina räusperte sich.

„Ich wollte“, sagten beide Mädchen gleichzeitig und dann, wieder unisono: „Ja?“

„Ich habe Miguel gefunden“, sagte Bettina schnell.

Cathy schloss für einen kurzen Augenblick die Augen. „Gott sei Dank!“

„Er hat nichts mit dem Einbruch zu tun. Er hat sich in eure Clique eingeschlichen, ja, und er hat gelogen. Aber nicht aus den Gründen, die ihr ihm unterstellt. Howard hatte Recht. Es gibt keinen Onkel mit einer Computerfirma und keinen Juniormanager.

Miguel wohnt draußen in Belle Glade mit vielen Landsleuten, die zur Saisonarbeit nach Florida kommen, um Geld zu verdienen. Er ist sehr ehrgeizig."

Bettina wartete eine Weile, ob Cathy etwas zu ihren Schilderungen sagen wollte. Aber sie schwieg, und Bettina fuhr fort.

„Er arbeitet bei *Radio Marti*, so einem kubanischen Sender in Miami. Er will ein richtiger Journalist werden. Aber dazu muss er studieren. Ihm fehlt natürlich das Geld, um es zu finanzieren. Deshalb bemüht er sich um ein Stipendium." Bettina beugte sich auf ihrem Stuhl weit über den Tisch zu Cathy hinüber. „Miguel wollte dich nicht verletzen. Er wollte eine Reportage machen über euch. Über Howard, Bea, John und dich."

„Eine Reportage?"

„Miguel dachte, wenn er euch sein Vorhaben einfach mitteilte, würdet ihr ihm nicht glauben und ihn wieder wegschicken."

Cathy ließ den Kopf hängen. „So was Verrücktes ... Das ist ja nicht zu glauben ..."

„Ohne die Lügengeschichte mit seinem Onkel und der Firma hättet ihr ihn gar nicht bei euch aufgenommen, sagt er."

Cathy nickte. „Verstehe."

„Cathy." Bettina rutschte auf ihrem Stuhl hin und her. „Ich finde das auch nicht in Ordnung. Er hätte es dir sagen müssen oder einfach wegbleiben."

Cathy presste die Handballen auf die Augen. „Weißt du, wie ich mir vorkomme?" Ihre Stimme war tränenerstickt.

Bettina stand auf und ging vor Cathys Stuhl in die Hocke. „Ich glaube, ich kann es mir vorstellen."

„Nein. Das kannst du nicht. Denn du weißt nur die Hälfte ..." Bettina wartete darauf, dass Cathy fortfuhr. „Ich komme mir ja so dämlich vor", stieß Cathy hervor. Sie ließ die Fäuste auf die Tischplatte niedersausen. „Ich habe ihm noch extra das verwöhnte Mädel vorgespielt, weil ich dachte, er steht drauf. Und dann Howard mit seinen ständigen Anschuldigungen ... Der Einbruch. Die Polizei." Cathy schlug die Hände vors Gesicht. „Das können wir ja gar nicht wieder gutmachen."

Bettina lächelte. „Jetzt übertreib nicht. Immerhin hat Miguel euch ganz schön was vorgemacht. Und ich muss gestehen, es sah verdammt danach aus, als wäre er der Einbrecher."

Cathy sah Bettina fest in die Augen. „Bettina, Howard war's."

„War was?"

„Howard hat den Einbruch bei uns vorgetäuscht, um Miguel abzuhängen. Er war eifersüchtig."

„Das glaube ich nicht", sagte Bettina entgeistert.

„Es stimmt aber. Er hat den Schmuck geklaut, und als Miguel weg vom Fenster war, hat er ihn wieder hingestellt."

Plötzlich musste Bettina grinsen. „Der muss ja ganz schön verschossen in dich sein."

Cathy hob die Hände. „Darum geht's jetzt nicht. Ich muss als Erstes unbedingt mit Miguel reden und ihm alles erklären."

„Er kommt gleich", sagte Bettina.

„Hierher?"

Bettina nickte. „Er will dir auch alles erklären."

Cathy biss sich nervös auf die Unterlippe, dann schaute sie ihre Cousine an. „Was ist mit dir und Miguel?"

Diesen Augenblick hatte Bettina gefürchtet. Es wäre ein Leichtes, Cathy weiszumachen, dass sie beide Freunde waren und nichts weiter. Schließlich würde sie morgen abreisen. Aber ihr stand der Kopf nach etwas anderem als Lügen.

Sie holte tief Luft. „Ich bin wahnsinnig in ihn verliebt."

„Und er?"

Bettina senkte den Kopf. „Ich glaube, er auch in mich." Cathy schwieg eine ganze Weile, die Bettina wie eine Ewigkeit vorkam. „Ich konnte nichts dafür", hörte sie sich sagen.

„Ich weiß", flüsterte Cathy.

Bettina sah auf.

Cathy lächelte. „Wahrscheinlich habe ich nie wirklich geglaubt, dass du mir Miguel so mies hast ausspannen wollen. Ich wollte es glauben." Cathy richtete sich ein wenig auf. „Aber jetzt ist es okay. Mach dir keine Sorgen."

Bettina kullerte eine Träne der Erleichterung über die Wange. Sie sah Cathy an und fiel ihr einfach um den Hals. „Ich bin ja so froh!"

„Schade, dass du nach Hause musst", sagte Cathy leise.

Bettina nahm Cathy bei den Schultern und sah ihr ins Gesicht. „Wir können uns doch wieder sehen. In den großen Ferien kommst du nach Köln, was meinst du?"

Cathy lächelte.

„Dann lernst du meine zwei wahnsinnigen Brüder kennen und, nicht zu vergessen – *your roots.*“

Cathy strahlte. „Das wäre toll.“

Plötzlich ertönte die Haustürklingel.

„Das ist Miguel“, sagte Bettina.

„Na, dann wollen wir mal.“ Cathy rieb sich die Handflächen an der Hose, schob die Schultern nach hinten und ging zur Tür, während Bettina im Wohnzimmer wartete.

Cathy legte die Hand auf die Klinke, drückte sie herunter und öffnete die Tür.

„Hi“, sagte sie leise.

Miguel schaute Cathy verlegen an. „Hi.“ Er trat von einem Fuß auf den anderen.

„Komm rein“, forderte Cathy ihn endlich auf.

Miguel ging entschlossen den Flur entlang und trat ins Wohnzimmer. Er ging langsam auf Bettina zu, zog sie dicht an sich heran und küsste sie zärtlich.

Cathy räusperte sich.

Miguel drehte sich um. „Ich muss mit dir reden, Cathy“, sagte er. „Dir alles erklären.“

„Bettina hat mir alles erzählt. Ich weiß Bescheid, und es tut mir ... ich meine ... es war nicht okay ... aber es sah echt so aus, als ob ...“

Miguel ging auf Cathy zu und hielt ihr die ausgestreckte Hand entgegen. „Lass uns das Kriegsbeil begraben“, sagte er.

Cathy sah ihn verstört an. Noch ehe sie wusste, was geschah, ergriff sie seine Hand und hielt sie fest. „Okay.“ Cathy holte Luft. „Okay.“

Dann ließ Cathy plötzlich den Kopf auf die Brust

sinken. Ihre Schultern bebten, ihr Rücken zuckte, aber es war kein Laut zu hören.

Miguel und Bettina sahen sich ratlos an. Sie wussten nicht, ob Cathy weinte oder lachte. Plötzlich kam es noch einmal erstickt von unten. „Okay." Dann sah Cathy auf. Sie gluckste und prustete, während ihr die Tränen aus den Augen kullerten.

Cathy beruhigte sich allmählich. Sie trocknete die Tränen in ihrem Gesicht und fragte: „Wann willst du anfangen?"

Miguel machte große Augen. „Anfangen? Womit?"

Cathy schaute Miguel an, als sei er ein bisschen schwer von Begriff. „Was weiß ich. Mit den Interviews, den Aufnahmen ..."

Miguel traute seinen Ohren nicht. Er strahlte Cathy an. „Seid ihr denn alle einverstanden?"

„Ich auf jeden Fall, und mit den anderen werde ich reden. Die machen auch mit, da bin ich sicher!"

Miguel klatschte einmal in die Hände, reckte die Faust nach oben und schrie: „Yeah!"

Cathy öffnete die Terrassentür und sah ins Mondlicht hinaus. „Wie hell die Nacht heute ist."

Bettina und Miguel waren neben sie getreten. „Guckt mal", sagte Bettina. Sie zeigte auf das Wasser im Pool, in dem sich der Mond spiegelte. „Der Mann im Mond badet."

Cathy sah Bettina an. „Wollen wir?"

Bettina nickte. Dann schaute sie Miguel an. „Wollen wir?"

Kaum hatte Miguel zugestimmt, nahmen sich die drei an der Hand, liefen durch die weit geöffnete

Terrassentür hinaus in den Garten und sprangen mit einem gewaltigen Satz und allen Kleidern am Leib ins Wasser. Bettina tauchte unter und spürte, wie aller Streit, Zorn und Ärger weggespült wurde. Es war ruhig unter Wasser und friedlich. Sie wünschte sich, dass es so blieb, und sie war ganz sicher, dass es den anderen beiden in diesem Moment genauso ging.

Als sie wieder auftauchte, war Miguel dicht bei ihr. Sie schwammen zu Cathy, die lachend am anderen Ende des Pools mit den Füßen strampelte.

Endlich kletterten alle drei erschöpft aus dem Wasser und setzten sich nebeneinander auf den Beckenrand. Bettina saß in der Mitte. So lauschte sie minutenlang in die Nacht, hörte die Frösche quaken und die Grillen zirpen. Plötzlich neigte sich Miguel leicht vor, schaute zu Cathy hinüber und fragte mitten hinein in die Stille: „Haben sie den richtigen Einbrecher mittlerweile gefasst?"

Cathy warf Bettina einen Hilfe suchenden Blick zu. Bettina zwinkerte Cathy zu und legte ihren Zeigefinger auf den Mund. „Der wird sich sicher bald bei dir melden", sagte sie geheimnisvoll und lächelte.

„Wollt ihr was trinken?", fragte Cathy und sprang auf.

„Ja", sagte Bettina. „Und aus den nassen Klamotten raus." Sie half Miguel aufzustehen, der verwundert von einer zur anderen schaute. Er zog nur die Augenbrauen hoch und folgte Bettina und Cathy ins Haus.

Bettina schloss die Augen, als die Lufthansa-Maschine über das Rollfeld raste. Sie wurde von der Geschwindigkeit in den Sitz gepresst. Als sie glaubte, den Druck fast nicht mehr aushalten zu können, spürte sie, wie sich die Schnauze des Flugzeugs hob und dann der ganze Flugkörper schwerelos wurde. Die Maschine flog steil gen Himmel. Noch wenige Minuten, dann war sie über den Wolken.

Bettina hatte sich fest vorgenommen, beim Abschied nicht zu weinen. Und es war ihr auch gelungen. Obwohl Miguel es ihr nicht einfach gemacht hatte. Nach tausend Umarmungen, Küssen und Schwüren, einander wieder zu sehen, hatte er, als sie den Zoll passierte, seine Gitarre hervorgezaubert und für sie gesungen und gespielt. Es war ein Song von den Gipsy Kings, den Bettina aus dem Radio kannte. „*¡ Cada dia yo te quiero mas!* – Ich liebe dich jeden Tag mehr!"

Es hätte nicht viel gefehlt, und Bettina wäre einfach zurückgelaufen, um Miguel noch einmal, ein einziges Mal in den Armen zu halten. Doch sie hatte sich abgewandt, die Hand noch einmal zum Gruß erhoben und war in der Wartehalle *only for passengers* verschwunden.

Als Bettina nun endlich die Augen öffnete und aus dem Fenster sah, blickte sie durch einen Schleier dicker Tränen hindurch auf eine in zauberhaftes Abendrot getönte, watteweiche Wolkendecke.

„Ich komme wieder", flüsterte sie.